Zhongguo Wenhua
Zhishi Duben

中国文化知识读本

婉约词派

主编　金开诚

编著　李海霞

吉林出版集团有限责任公司

吉林文史出版社

图书在版编目（CIP）数据

婉约词派 / 李海霞编著. —— 长春 ：吉林出版集团
有限责任公司 ：吉林文史出版社，2009.12 （2023.4重印）
（中国文化知识读本）
ISBN 978—7—5463—1983—4

Ⅰ．①婉… Ⅱ．①李… Ⅲ．①婉约派－词（文学）－
文学欣赏－中国－古代 Ⅳ．①I207.23

中国版本图书馆CIP数据核字(2010)第003986号

婉约词派

WANYUE CIPAI

主编/ 金开诚　编著/李海霞

项目负责/崔博华　责任编辑/曹恒　于涉

责任校对/王文亮　装帧设计/曹恒

出版发行/吉林出版集团有限责任公司　吉林文史出版社

地址/长春市福祉大路5788号　邮编/130000

印刷/天津市天玺印务有限公司

版次/2009年12月第1版　印次/2023年4月第3次印刷

开本/660mm×915mm　1/16

印张/8　字数/30千

书号/ISBN 978—7—5463—1983—4

定价/34.80元

前　言

　　文化是一种社会现象，是人类物质文明和精神文明有机融合的产物；同时又是一种历史现象，是社会的历史沉积。当今世界，随着经济全球化进程的加快，人们也越来越重视本民族的文化。我们只有加强对本民族文化的继承和创新，才能更好地弘扬民族精神，增强民族凝聚力。历史经验告诉我们，任何一个民族要想屹立于世界民族之林，必须具有自尊、自信、自强的民族意识。文化是维系一个民族生存和发展的强大动力。一个民族的存在依赖文化，文化的解体就是一个民族的消亡。

　　随着我国综合国力的日益强大，广大民众对重塑民族自尊心和自豪感的愿望日益迫切。作为民族大家庭中的一员，将源远流长、博大精深的中国文化继承并传播给广大群众，特别是青年一代，是我们出版人义不容辞的责任。

　　本套丛书是由吉林文史出版社和吉林出版集团有限责任公司组织国内知名专家学者编写的一套旨在传播中华五千年优秀传统文化，提高全民文化修养的大型知识读本。该书在深入挖掘和整理中华优秀传统文化成果的同时，结合社会发展，注入了时代精神。书中优美生动的文字、简明通俗的语言、图文并茂的形式，把中国文化中的物态文化、制度文化、行为文化、精神文化等知识要点全面展示给读者。点点滴滴的文化知识仿佛颗颗繁星，组成了灿烂辉煌的中国文化的天穹。

　　希望本书能为弘扬中华五千年优秀传统文化、增强各民族团结、构建社会主义和谐社会尽一份绵薄之力，也坚信我们的中华民族一定能够早日实现伟大复兴！

目录

深村茅茨年經

小綺之

如翠人去六瘦

痕紅泡皴絹遠

送頃閑池閣勻

程左錦書誰毛

一、婉约词的发展历程及其特质

（一）婉约词的流变

在词的发展初期，也就是隋至中唐时期，婉约并不是词的主要风格。从词体发展的全过程来看，词在民间创始时，它的内容是丰富的、多方面的。例如，词的源头——敦煌曲子词，大多题材广泛，词境宏阔，社会性强。从艺术风格看，敦煌词有的粗犷热烈，有的委婉深沉，有的俚俗，有的精巧，有的质朴。尤其应当强调的是，敦煌词作者所抒发的感情大多健康活泼、清新自然，其中绝大部分写的是现实社会生活，既有男女恋情、闺怨情思，也有"边客游子之呻吟，忠臣义士之壮语"，而后者大多写得语言刚健、情感爽朗，属于豪放类型，我们决不能用"婉约"来形

月牙泉风光

白居易像

容它们。再如词学家们津津乐道的"中唐文人词"。中唐许多作家如张志和、刘长卿、韦应物、刘禹锡、白居易等人都开始用长短句填词，创作了许多作品，这些词作的题材也比较广泛，是按曲调来填词的，词体尚未定型，还较多地以写诗的手法写词，更无法将这些词归为婉约派。

词发展到了晚唐、五代，出现了以温庭筠、韦庄为代表的花间词派和以李煜、冯延巳为代表的南唐词风，才筑起了"词为艳科"的樊篱，形成了婉约的词风。其中，《花间集序》标志着"侧艳"词体观念的形成，对后世词的创作和批评有着深

婉约词的发展历程及其特质

《温飞卿诗集》书影

远的影响。被称为"花间鼻祖"的温庭筠是其中最具代表性的人物，他的以婉约为美的词体特色，对词学的发展特别是婉约词风的定型起到了题材规范、审美规范、体式规范的作用。自此，词体文学这一新兴的文学样式便以长短句的形式、相思别恋的内容、柔婉妩媚的格调作为正统被规范成型，占据了词坛的主导地位，词为"艳科"被人奉为神圣。至此，诗与词从题材内容上也就彻底分家，"诗庄词媚"说渐而成为词坛一种不可不循的规律。作家在填词的时候，几乎完全排斥，甚至认为应当排斥广阔的生活画面和比较重大、严肃的题材内容，否则将被认为不是当行本色。但此时传统文人的忧患意识及对社会和人生的关注，使得晚唐词人也写出一些抒发人世兴衰、历史沧桑的豪放力作。词坛上多样化的题材风格也并未销声匿迹，只是以非主流的一面存在于晚唐词人创作中。即便是花间词人，其创作也并非全是艳词。《花间词集》里也有咏史怀古、咏物抒情、写景记俗、羁旅之愁、边塞风情、登科等多类题材。有人曾统计过，这类词共计一百二十多首，竟占《花间词集》录词总数的四分之一。

宋人的词体观念基本上继承了富贵香艳

苏轼塑像

的"花间词"风。词在北宋初仍被视为艳科小技、婉约之风延续，并且在很长一段时期，一直被视为词坛"正宗"，以后虽然受到其他风格挑战，也仍不乏影响。不仅晏殊、柳永、欧阳修、秦观、周邦彦、李清照等人以婉约为主要风格，而且苏轼、辛弃疾、姜夔等也不乏婉约之作。特别是苏轼，如果从数量上看，苏轼的婉约之作要大大超过他的旷达、豪放之作。总体说来，北宋中叶以前的词坛，词人多囿于词为"艳科""诗余"之成见，主要以词写男女恋情和离别相思，词坛一直被"婉约"风气笼罩着，因而也就没什么婉约词与豪放词的区别。北宋中叶，苏轼不满意这种情况，以诗为词，"自铸伟词"，在词坛另辟"豪放"之路。至此，词之浅斟低唱不再是一枝独秀，词才有豪放与婉约两种风格之别。但苏轼之后，即使与其关系甚密的"苏门四学士"中秦观、黄庭坚、晁补之三人，在词的创作上仍然严守其"艳科"之藩篱，以致豪放词几乎绝响。词的发展在北宋后期出现了学柳永而过于俗化，学苏轼则过于诗化的倾向。于是体现传统婉约词创作主流的"本色"理论——李清照的《词论》应运而生。《词论》的核心观点是"词别是一家"说，其基本内涵之一是词应合律而歌，强调词与音乐的

苏轼塑像

婉约词的发展历程及其特质

关系。二是词贵雅正。要求词高雅、浑成、讲究情致、采用铺叙手法，即词应有自身的精神格调和审美特征。其目的在于一方面维护词的艺术体性，在形式上分清词与诗的差别；另一方面维护词的传统风格，为诗词划分界限。可见，李清照努力要把词从诗的大系统中分离出来自立门户，苏轼则高扬与之相对的诗本位的词学观，意在打破诗词界限，使词回归到诗的大系统中去。这是两种截然不同的词学观。然而，在北宋词坛，苏轼的诗化道路并未得到响应。靖康之变，国破家亡，词人们的繁华梦破，词风也为之陡然一

苏轼《祭黄几道文》（局部）

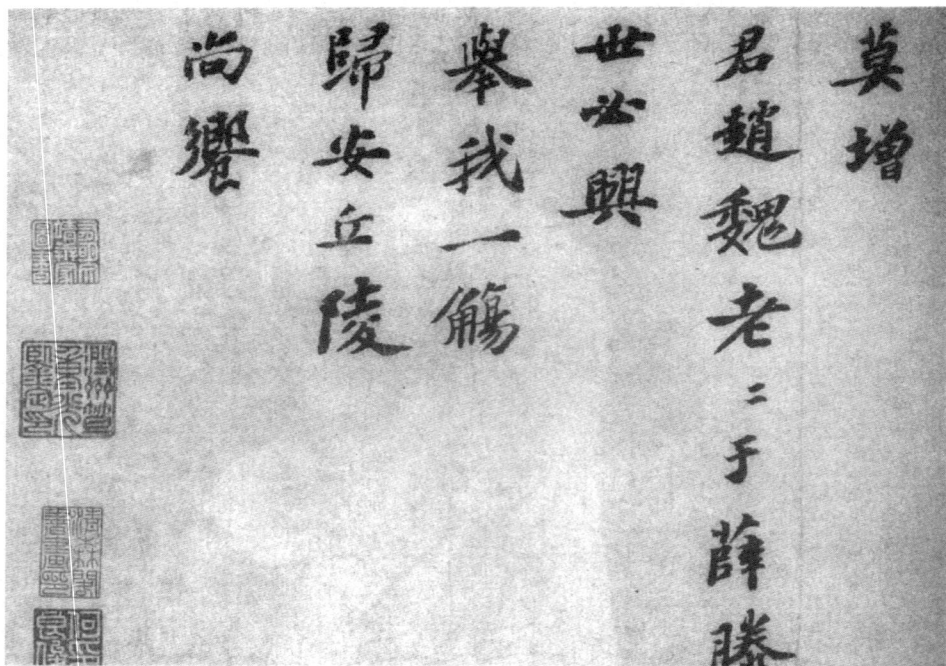

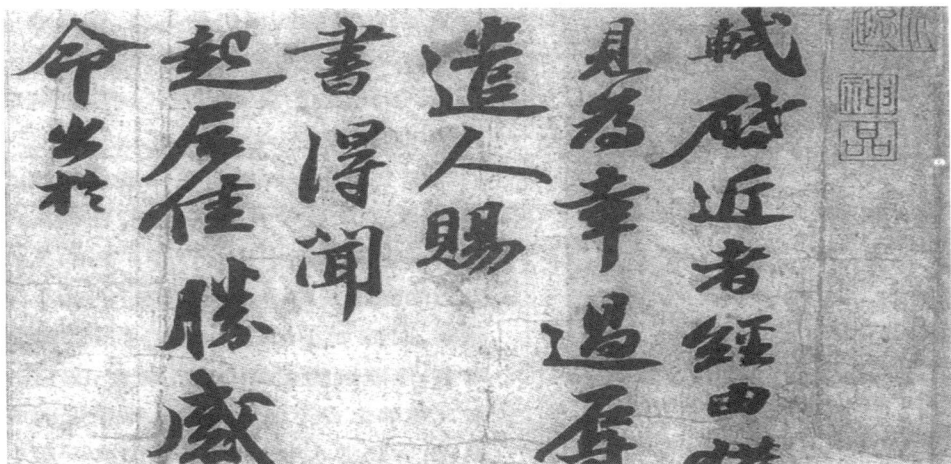

苏轼《获见帖》（局部）

变。苏轼词终于受到了称许，使天下人耳目一新，逸怀浩气。

靖康之变后，面对国破家亡的民族灾难，一些爱国将相士大夫，如岳飞、张元干、张孝祥、陆游诸人，才追随苏轼，以词抒发慷慨悲壮之音，算是成为苏之后劲。此后以辛弃疾为代表的爱国词人登上词坛，以词抒写英雄失路之悲慨，语壮声宏、慷慨沉郁，陈亮、刘克庄等人紧随其后，豪放词才与婉约词分庭抗礼，豪放词才有"派"可言。词至南宋，婉约风格仍未有间断，一直延续下来。南宋而后历元、明、清以至近代，虽婉约词仍是主流，然豪放词亦代有大家，豪迈奔放之音，始终回响于词坛。因此，婉约应该是宋代词坛

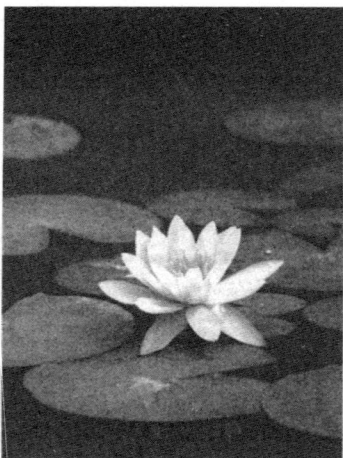

"婉约"是宋代词坛影响最大的风格特色

影响最大的风格特色。

综上所述，脱胎于民间秦楼楚馆的曲子词，先天就带有俗气俗趣。在词从民间市井走向书斋案头并产生不朽的艺术魅力的漫漫长路中，婉约词时而如小溪潺潺，时而如小河流水，时急时缓，时宽时窄，伴着婉约柔媚的杏花疏影，迢迢而来，缠绵之音不绝，慢慢从稚嫩走向成熟，最后登堂入室，封存在中国文学历史的长河里，并一直熠熠生辉。

（二）婉约词风的内涵

"婉，顺也"，即"和顺宛转"之意。其中指出"婉"既可形容人物（尤指女性）外貌的柔和美好，以及性格的柔和温顺，又可引申为形容书法、诗文风格的柔美和顺，"婉"还可用来形容声音的婉转缠绵。"婉约"一词，最早见于先秦古籍《国语·吴语》的"故婉约其辞"。晋代陆机在《文赋》中用来论说文学修辞："或清虚以婉约，每除烦而去滥。"后人按照这两段话来训诂，"婉""约"两字都有"美""曲"的意思。具体来说："婉"为柔美、婉曲。"约"的本义为缠束，引申为精练、隐约、微妙。故"婉约"与"烦滥"相对立。可见，婉约，是委婉含蓄的意思，"婉约"特别适合表现那些带有离情别恨、风花雪月、男欢女爱的题材。因而婉约词家多描写男欢女爱、阴柔的情感和柔美的景物，范围较窄，更具私人色彩。从晚唐五代到宋的温庭筠、冯延巳、晏殊、欧阳修、秦观、李清照等一系列词坛名家的词风虽不无差别、各有特色，但大体上都可归到婉约的范畴。其内容主要写男女情爱、离情别绪、伤春悲秋、光景流连；其形式大都婉丽柔美、含蓄蕴藉。大都以美的语言、美的形象、美的意境，展现自然美与生活

"一代文宗"欧阳修塑像

沈园腊梅

美，歌颂人物的心灵美。因而形成一种观念，词就应是这个样子的。可以说，作为一种文体的词及其重要的传播媒介从唐代一开始登场，就具备了"婉"的各种意蕴：歌者姿容的婉媚和性格的婉顺、曲调的婉转、文辞的婉丽，这一切意蕴又都是由词在最初的传播活动中的形式与性质来决定的。所以说，"婉约词"是一个外延很宽的概念。凡是情意蕴藉、注重形式技巧、强调声韵格律、词风偏于阴柔的词人，皆可入"婉约派"。宋代婉约词风的代表人物，依次是柳永、秦观、周邦彦和李清照。

二、婉约词形成的背景

宋词中之所以会形成婉约词这一风格流派，是由多种原因决定的。婉约词风的定型时期，正是中国封建社会从繁盛走向衰落的晚唐五代。当时政治黑暗、战乱频仍、时运衰颓、朝不保夕。这使文人们建功立业的人生理想失去了实现的外部条件，他们由追求社会政治价值转而追求自我价值，追求内在情感的满足和审美快感。那种外在的修身、齐家、治国、平天下的远大理想，在他们看来，远不如痴男怨女们的缠绵悱恻、歌宴舞席上的声色之娱更令人销魂荡魄。因而，文学回归到人本身，被压抑了几千年的人的"七

西湖柳浪闻莺

情"成为文学的真正主题。一些城市（成都、金陵等）的发展，为这种艺术趣味提供了物质基础。商业经济繁荣，文化娱乐生活丰富，到处是绮罗香风、歌宴舞席，正需要融音乐性、抒情性、愉悦性为一体的词这种文艺形式。婉约词可谓是应运而生。婉约词的形成具有如下的背景支持：

第一，晚唐五代词的兴起为婉约风格的兴盛积淀了深厚的历史渊源。

词起源于民间曲子词。隋唐时期燕乐（也称宴乐）盛行，宴乐时和乐歌唱的词被称为曲子词。而宴乐是西域音乐，传入中原后，先流行于宫廷之内，后来扩散于民间。当时随着城市大都会经济的日趋繁荣，人们对消遣娱乐的需求也大大增加，而歌唱是主要的娱乐形式之一。这种需求的增加，有力地促进了歌唱形式的发展，曲子词也就不知不觉地流行起来。当时的歌伎乐工们配合着音乐的节拍，唱出长短参差的歌词。这样，新的文学体裁——词，在民间这块沃土上就生根发芽了。可见，词是地地道道的民间产物。1899 年，敦煌石室发现的著名的曲子词写本残卷，所收曲子词一百六十多首，大多是唐、五代无

古代宴乐砖

名氏的民间作品。这本《敦煌曲子词集》是我国最早的词总集，为研究词体的原型提供了宝贵资料。地理位置偏颇的敦煌能有如此众多的民间词抄本得以保存下来，足见这种配乐歌唱的词在民间流传之广泛。民间广泛流传的这种歌唱形式引起了一部分较为接近民间的文人学士的关注，并对其产生了浓厚的兴趣，他们也仿照民间流行的曲调填词制曲。例如白居易、韦应物、刘禹锡等人，他们都写过一些小令。到了晚唐时期，诸多原因使得文人作词的越来越多，并且有些词家还有了专集。特别值得注意的是"花间"词派的诞生，花间词派影响特别大，以晚唐

玉门关遗址

温庭筠的花间词派在晚唐时期有很大的影响力

温庭筠为首，"花间"词人多是文人学士，词作内容多是闺情离愁，反映面不广，没有什么深意可言，然而其柔婉精微之特质，却足以唤起人心中的某一种幽深婉约的情意。他们的创作给词的发展注入了新鲜血液，把词的创作推向了新的高度，使词由民间的胡夷里巷正式登上了文学的殿堂。由于词的创作最初出自歌伎乐工之手，为了取悦宫廷权贵和市井阶层，其内容多为表现男欢女爱、花前月下、樽前筵中。最初文人们的模仿也都着重于此，因而词体成为专门表现剪红裁翠、樽前花下的消闲品。这使得词在产生之初就被禁锢在了"艳科"的藩篱中，局限在婉约的风格上。花间词流派的形成更为词的婉约风格的发展起到了推波助澜的作用。于是，一直以来，人们都认为婉约词是词的正宗。又由于词是在民间产生的，不像诗、赋那样具有正统的地位。诗是用来言"志"的，但在人的情感中除了"志"之外，还有更为重要的七情六欲需要抒发排遣，在不能言情的诗中不能表达且有失尊严的情感，只好通过词来宣泄了。而要表现这些内容和情绪，只能具备婉约风格了。也就是说婉约风格更适宜于表现缠绵悱恻的离愁别绪、情意绵绵的爱意情思、风流狂肆的歌筵酒色。因此，自唐、五代直至宋

《小雅·鹿鸣》石刻

婉约风格贯穿于宋词的始终

代，婉约风格在词的创作中一直占据着主要地位，虽然间有豪放词相伴，但并未影响婉约词的正统地位。婉约风格一直贯穿于宋词始终。

第二，宋代经济的繁荣为婉约词风的发展打下了坚实的物质基础。

北宋王朝的建立，结束了唐末五代两百多年纷争割据的战乱局面，中原地区得以统一。中央集权制的建立使得宋王朝取得了暂时的相对稳定的政治局面。经济空前发展，都市异常繁荣，歌台舞榭、妓馆酒楼遍及汴梁和各大都会。这种暂时的、表面的歌舞升平现象，给文化的繁荣和发展创造了合适的土壤和条件。广大市民阶层在劳作之余需要放松身心，新兴的地主阶层和士大夫们也狂热地追求生活享乐，都市繁华、安定、悠闲的生活方式给他们享乐提供了适宜的场所。而和乐歌唱的"词"这一新的文学形式正好适应了人们追求娱乐性、通俗性，不讲思想性和道德性的需求，也为士大夫阶层在诗赋的"文统""道统"之外找到了狎妓拥歌、开怀畅饮时排遣心绪的文雅方式。

第三，宋代社会市俗文化的兴盛为婉

西湖白堤樱花

婉约词形成的背景

约词的风行提供了适宜的土壤。

词本来是由民间传唱而产生的，因而深得市民阶层的喜爱，而词和着乐声檀板体现着典雅雍容，又具有娱宾遣兴的作用，正好适合于反映士大夫阶层放浪形骸、沉迷酒色的享乐生活。内容决定了形式，这种腐朽奢靡的内容不可能用豪放的风格来表现。因此，以婉约风格来作词成为士大夫们抒解心情的主要方式。于是，上至皇帝、大臣、文人、学子，下至庶民百姓、乐工、歌伎无不和乐填词。宋太宗赵光义和仁宗赵祯都"洞晓音律"，并亲自度曲制词。太平宰相晏殊喜宴

荷花池

宾客，没有一天不是歌舞升平，没有一天不是歌乐相伴。北宋诗文革新运动的领袖人物欧阳修，虽然在诗文上反对浮艳艰涩的文风，大力倡导平易流畅的文风，但在词的创作上则脱去了儒家"庄重"的面具，写得情意深婉，并创作了不少女性题材的婉约词作。词的这种"艳科"和婉约风格一直为士大夫们所推崇。词至柳永，虽然扩大了词的题材范围和表现手法，增大了词自身的容量，使词具有了社会性，但并未改变词的风格，也未脱离"艳科"的藩篱。柳永一生不得意，他淡泊名利，流连于秦楼楚馆之中，婉约的风格和慢词的形式能充分地表达他对歌伎们悲惨命运的同

苏轼塑像

情以及有感于自己"同是天涯沦落人"的哀叹。至北宋中叶，虽然出现了以苏轼为代表的豪放词派，突破了词的"艳科"藩篱，使词从"花间"走向了更为广阔的人生。但词的婉约风格并未中断，仍然为众多词人所倡导和实践。就是苏轼本人也有不少婉约风格的词作，以"词家之冠"名世的周邦彦更是把词的"艳科"和婉约风格推向了高峰。当时的社会政治腐败，风气奢靡，统治阶级上层社会的穷奢极欲，也影响着文人学士，成为他们的普遍风尚。

可以说，消费性的商业都市市民文化和士大夫们回避现实追求骄奢淫逸的享乐生

苏轼《前赤壁赋》（局部）

活，是婉约风格得以盛行并延绵不止的一个重要因素。

第四，宋代文人内敛、抒写个体情致的创作心态使得婉约词大放异彩。

宋朝统治者鉴于晚唐五代以来藩镇割据、武装专权的历史教训，在建朝之初，就以"杯酒释兵权"解除了武将的兵权，并制定了"重文轻武"的基本国策，兵权控制在皇帝一人手中。兵与将分，官与职分，将领们失去了实际的指挥权，军队的战斗力被大大削弱。这一基本国策暂时缓解了内忧，但从外部来说，失去了向外扩张的军事实力，失去了国威，使得国家在与外族的战斗中一直处于劣势。这样一来，宋朝的疆土不断受到骚扰和侵吞，版图不断萎缩。这种政治上的高度集权专制与军事上的衰退妥协使得广大有识之士的政治主张、抵抗策略难以被采纳，而江河日下的衰败国势又很难扭转，一些有识之士在回天无力的形势下，其自信心、进取心不断萎缩、衰竭。他们只好逃避现实，转而探索自身的内心世界，探求人性、探求心灵、追索情感、追索心绪，在探求和追索中寻找人生价值和意义，寻找功名之外的闲适。可见，这一重文轻武的国策不但造就了宋朝一代昏君，同时也

浙江绍兴沈园《钗头凤》壁刻

对柔弱婉约的文风的发展产生了巨大的影响。宋朝的文人学士们在创作上极力回避现实，着力于抒发内心的感受和个人情绪的体验，创作心理趋于细腻，创作心态趋于内敛，创作风格趋于柔婉。尤其是在词的创作上，更能突出地表现出这一点。他们在创作中回避社会矛盾，回避现实生活，把词的创作局限于内心情感的体验上，或是大唱赞美太平盛世的谄媚颂词，或是唱和酬答歌榭酒席的闲情逸趣，或是抒写剪红狎翠的身边琐事，或是感叹个人情感纠葛的柔情愁绪。即使是悲叹亡国之恨的词作，也大都抒发的是物是人非、年华易逝

《关雎》石刻

的一己之悲欢。宋代文人的这种向内收敛的创作心态，在词的创作上得到充分体现，尤其是婉约风格更适合表现细腻敏感的情感，更适合于抒发深微幽约的心情，更适合于表达凄迷柔媚的意趣。

正因为如此，情致缠绵、委婉幽约的风格遂应运而生，并在大浪淘沙中立于浪尖风口，成为词的本色。

三、婉约派的创作特色

大雅堂李清照塑像

宋词中婉约、豪放两种风格流派的存在，使词坛呈现双峰竞秀、万木争荣的气象。了解和把握各个流派的创作特色，将有助于我们的鉴赏和艺术借鉴。从总体风格和审美效果来说，婉约词优美如"杏花春雨江南"，充满阴柔之美。具体说来，婉约派在题材范围、意境创造、所表达的感情、感情表达的方式、表现方法、语言运用、对音律的态度等方面表现出如下创作特色：

（一）题材范围："艳科"之范畴

相对于豪放派词题材多样、内容丰富的特点来说，婉约派在题材表现上比较狭窄单一。婉约派的词，大都是写男女恋情、离别相思、感时伤春、羁旅乡愁、倚红偎翠、浅斟低唱，多局限所谓"艳科"之范畴。一句话，婉约派词从题材到主题都是个人感受范围里的东西，即一己之悲欢离合。进一步说，婉约词内容上最显著的特色就是它的言情性。描写缠绵悱恻的儿女之情、羁旅之情、离恨别情，是婉约词的内容特色。例如柳永的婉约词《八声甘州》表现的就是个人的失意苦闷，其中的名句有"对潇潇暮雨洒江天，一番洗清秋""是处红衰翠减，苒苒物华休"。

即使是反映国亡家破的词，如李清照《声声慢》，其中的"梧桐更兼细雨，到黄昏、点点滴滴，这次第，怎一个愁字了得"也还是局限在个人感受的范围里，不过这种感受是由官场失意和国破家亡所引起的，绝没有把官场斗争和国家沉沦直接作为要表现的题材来写。所以婉约派的词，题材不外是离愁别恨、男欢女爱，主题不外是个人的生活情趣、个人的苦闷、个人的闲愁。这就是婉约派词在题材、主题方面所体现出来的词风。

（二）意境创造：微妙迷蒙

婉约派词在意境和情调上也与意境深远

婉约派词在意境和情调上与豪放派词大不相同

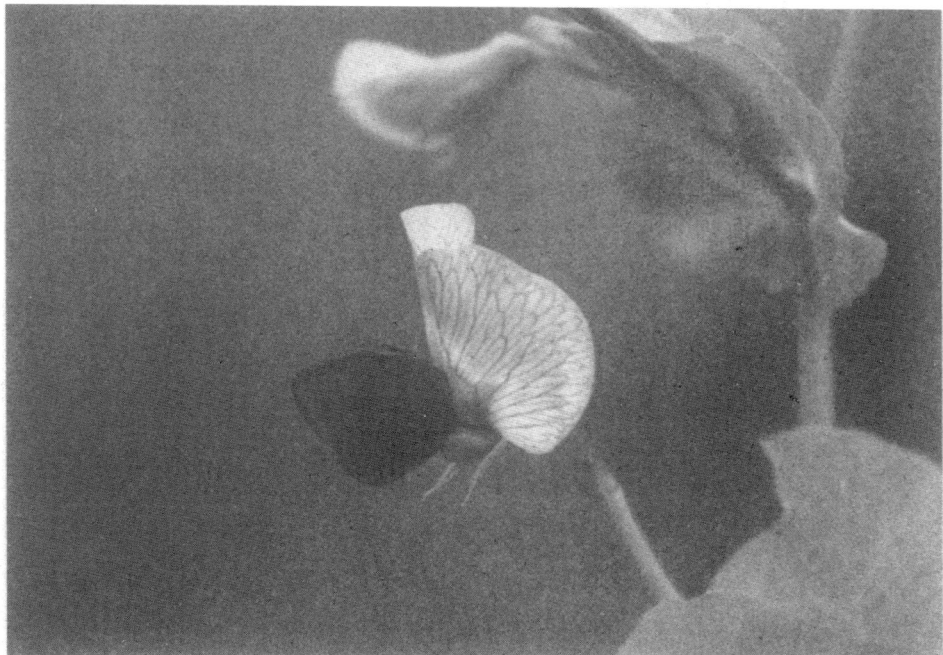

宏阔、情调高亢雄浑的豪放词大不相同。
从创设的意境来说，婉约词或绚丽华艳，
或清新秀丽，或朦胧迷离，或深沉幽婉。
当时有人曾作比较说："柳郎中词，只好
十七八女孩儿执红牙拍板，唱'杨柳岸晓
风残月'；学士词，须关西大汉执铁板，
唱'大江东去'。"可见婉约词纤丽柔曼的
风格。婉约派词中的景物一般都是春花秋
月、梧桐细雨、斜阳薄雾、烟柳红楼，显
得清淡雅致、迷蒙凄婉，给人以空灵隽幽
之感。总体说来，婉约派词的意境微妙、
迷蒙，因而在情调上显得低沉、柔软，只

秦观画像

能是"十七八女郎"如泣如诉的浅斟低吟，在意境上具有纤柔之美、宁静之美。例如秦观《踏莎行·郴州旅舍》：

雾失楼台，月迷津渡，桃源望断无寻处。可堪孤馆闭春寒，杜鹃声里斜阳暮。 驿寄梅花，鱼传尺素，砌成此恨无重数。郴江幸自绕郴山，为谁流下潇湘去？

这首词在凄凉的景物中，反映自己找不到出路的境遇，表现自己寂寞、愁苦的心情。词中迷茫的意境，低沉的情调，辞情哀苦，读后虽觉得情写得真切，但从感觉上讲，不是奋发，只是消沉。

（三）表现手法：词是用来言情的

当"言志"成为诗的主要功能时，"缘情"的功能就落到了词的身上。以"阴柔之美"见长的婉约派词是采用什么样的表现手法来言情的呢？婉约词言情而不直露，以婉曲含蓄为上。一般说来，托物寄意，以小喻大，比兴象征是婉约派词惯用的表现手法。从描写景物来看，婉约派多用细腻、优美、柔和的笔调，白描的手法，尽情地描摹。从表达词意来看，婉约派用欲言还休、"美人香草"的手法，本来能直说的意思，却偏偏要借用其他的事物来

白居易草堂一景

婉约派的创作特色

说。词在大类上属于诗歌，而诗贵含蓄是古代诗学的一大传统。言情之作，贵在含蓄不露。含蓄是婉约词在表现方法上的特征。婉约派词是怎样做到这一点的呢？其中一个重要的方法就是借景传情，化"情语"为"景语"。"含蓄"可以说是最重要的词体表现方法。婉约派词做到了"含"者不露，"蓄"者不尽，也就是不露不尽、如贺铸的《青玉案》给读者的感觉就是句中有余味，篇中有余意，即没有把话说尽、把意思挑明。这一点集中体现在："试问闲愁都几许？一川烟草，满城飞絮，梅子黄时雨。"再如李煜的《浪淘沙》：

帘外雨潺潺，春意阑珊。罗衾不耐五更寒。梦里不知身是客，一晌贪欢。 独自莫凭栏，无限江山。别时容易见时难。流水落花春去也，天上人间。

通篇没有一个"愁"字，将情思寄托于景物描写之中，即所谓"融情入景"，而无限的亡国之恨、故国之思见于言外。

在婉约词中，明明有某种情思，却不直说，而采用婉曲的方式来表现。由于在表情达意方面力求曲折而避平直，所以词的风味就显得特别委婉有致。再如李清照

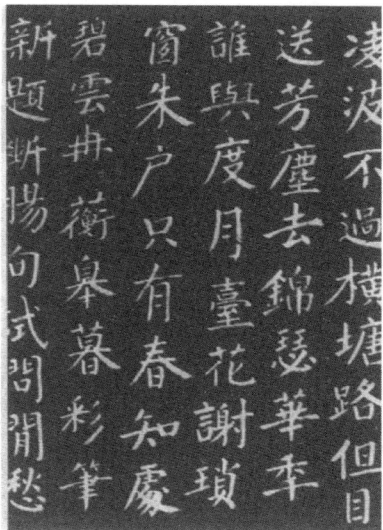

楷书贺铸词《横塘路·凌波不过横塘路》

景山玉兰花

的名作《如梦令》：

　　昨夜雨疏风骤，浓睡不消残酒。试问卷帘人，却道海棠依旧。知否？知否？应是绿肥红瘦。

　　这首词的主题是惜春，采用了参差错落的长短句式，故而显得灵活有致；又因为它采用了对话和叠句，因此虽只短短几句，但却层次曲折有味；特别是其结句"应是绿肥红瘦"，婉曲精工。可见，婉约派多采用千回百转、委婉含蓄的手法，所以婉约派词情味隽永。

（四）语言表现：华美温润

婉约派和豪放派对词的语言的创造都是有贡献的，而且都能用口语入词。但是，由于婉约派经常铺叙凄婉哀伤之景，抒发缠绵悱恻之情，因而，他们的语言富于色彩感、形象感，具有清新、美丽、精巧、典雅的特点。音调也比较低沉、悠缓，节奏较为缓慢，在音韵上流转如珠而有泉水叮咚之美。如"绿肥红瘦""红衰翠减""人比黄花瘦""一丝柳、一寸柔情""凄凄惨惨戚戚"等。所以，从语言运用的角度来看，

西湖苏堤一景

婉约派的创作特色

婉约词多华美温润，甚至绮靡软艳。

正是由于两派在题材、主题、意境、情调、手法、语言等各个方面的不同，也就是词的内容和形式的统一上的不同，因而总的词风上才有婉约与豪放之别，也就形成了中国词坛上婉约与豪放的流派之分。

我们这样来区别两派词风的不同，只是就基本情况而言。实际上两个流派虽各有千秋，却互有影响，正是他们在相互竞争、相

福禄考

李清照像

互影响中的发展，才给我们后人留下了这
么丰富的宝贵遗产。从艺术上来看，婉约
派反映了生活中的"阴柔之美"，而豪放
派反映了生活中的"阳刚之美"。即使对
具体的作家能作出优劣、高低的评价，但
两个流派对于我们，都具有认识价值、审

婉约词多细腻深微、缠绵
悱恻

美价值和艺术借鉴的意义。

（五）情感内涵：细腻深微

从表达的感情说，婉约词多细腻深微、缠绵悱恻。婉约派词家虽因个人经历、气质、教养等方面的不同而在词作中表达的感情有异，但从整体上来看，其感情内涵有着惊人的相似之处。抒发的多是难以言喻、不愿明白示人的深衷心曲或心湖微波，如太平宰相晏殊的富贵闲愁；他的儿子晏几道的感旧伤怀；欧阳修的文人风情；柳永的世俗情恋；秦观艳情中的身世之感；周邦彦的才子风流；

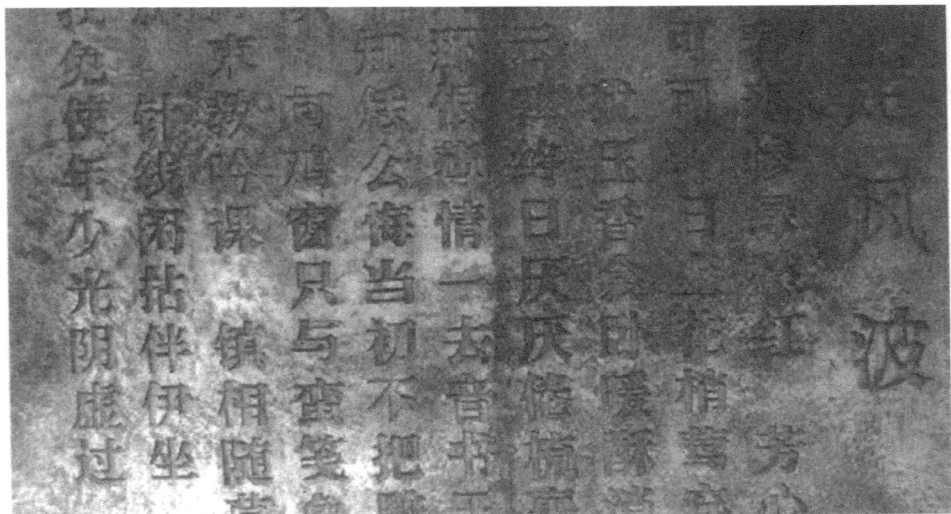

李清照前期的伤春感时、离别相思，后期的孤独寂凉、触目伤怀。可以说各有其情，但所表达的，均是个人内心深处细腻深微的感情波动。所谓"风乍起，吹皱一池春水"，所谓"此情无计可消愁，才下眉头，又上心头"，缠绵悱恻是其共同的特色。

（六）抒情方式：曲折深婉

从感情的表达方式来说，婉约词多含蓄委婉，一波三折，景中见情，情景交融。由于婉约词所抒之情多为难以言喻、难以启齿的深衷心曲，这就决定了婉约词的抒情方式必然是含蓄委婉的。而这种感情又是丰富复杂，不是一两句可以说尽的，就又决定了它必然多采取一波三折的表达方式。对一首完整的词作来说是这样，对一些名句来说则更为明显。前者如李清照的《声声慢》（寻寻觅觅），通观全词，写难以开解之愁，但所愁何事，终未明言。亡国失家之痛，不忍明言，因为言之痛心。不愿明言却不能不言，所以含蓄言之。寻觅而没有着落，情感为之一顿；借酒消愁而愁更愁，情感又为之一顿；忽闻雁声更加凄凉，内心为之三顿。"满地黄花堆积"一句貌似宕开一笔，暂时离开愁绪，"如今有谁堪摘"一句又荡回愁情。独坐窗前，挨到黄昏，梧桐细雨愁绪再次疯长。层层逼近，情感一波三折。因为所抒之情是含蓄的，所以婉约词更多采取借景写情、景中见情的方法。如柳永名句"杨柳岸，晓风残月"，明为景语，实为情语，需要结合上下文才能领悟。就名句来说，例如，欧阳修的词句"泪眼问花花不语，乱红飞过秋千去"就有四层意思，情意愈折愈深，愈深愈婉，再三品味，方得其意。可见，从感情的表达方式来说，婉约词多含蓄委婉，一波三折。

（七）声韵音律：以协律为硬性要求

从音律的角度说，婉约词多严守格律的

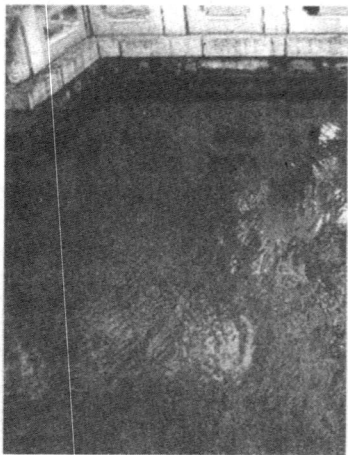

李清照纪念馆一景

限制，声韵务必自然和谐。在协律问题上，"婉约"以协律为硬性要求，不敢越雷池半步，字句力求圆润妥帖。当词在民间出现的时候，无论从句式、平仄、声韵哪一方面来看，都是相对自由的。后经文人之手，把当时律绝在格律方面的艺术经验用到词的创作上，于是词逐渐律化，到晚唐五代已经形成比较严整的格律，每一个词牌都是篇有定句、句有定字、字有定声、韵有定处。由于词本质上是一种"歌词"，要用于歌唱，所以它的格律化，对强化其

李清照故居

表现功能、提高其艺术性，应当说是较律绝有更大价值的。但是这就像戴着镣铐跳舞一样，词的律化对人们自由地表情达意无疑是一种限制。如果死守格律，不但会影响到自由地表情达意，而且会导致词在形式方面的僵化。在这种情况下，相对的自由和灵活性是必要的，但应该以不破坏词的音乐美为前提。在这个问题上，婉约派词人和豪放派词人选择了两条不同的道路，豪放派词人则往往以表意为主，时有冲破格律的束缚之举，而婉约派词人绝大多数沿着谨守格律的路子

婉约词具有一种柔婉之美

走，以协律为硬性要求。

　　总之，婉约词派的特点主要是：内容侧重儿女风情，结构深细缜密，重视音律谐婉，语言圆润，清新绮丽，具有一种柔婉之美。

四、婉约派的代表作家及其作品赏析

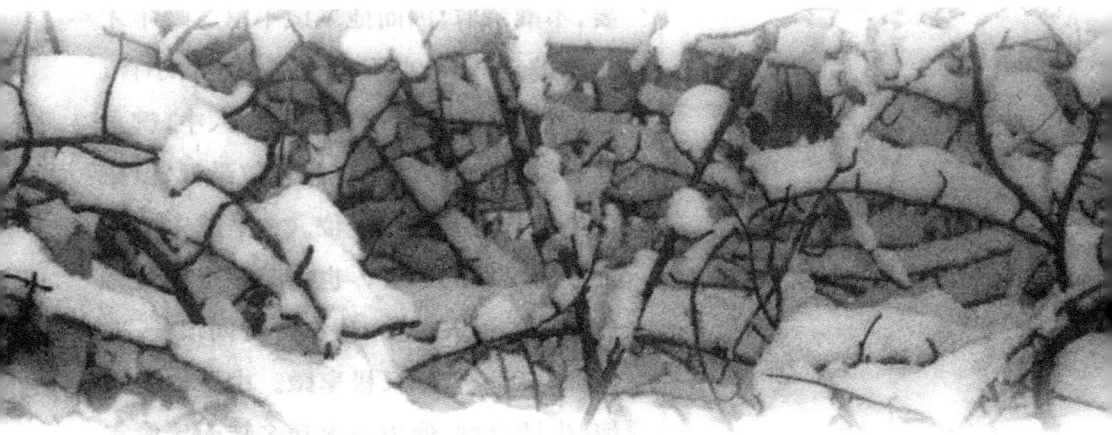

柳永与妻子塑像

婉约派的代表作家，依次是柳永、秦观、周邦彦和李清照等。他们在中国文学史上留下了一座座丰碑！

（一）北宋初期的柳永及其《雨霖铃》

北宋初期声名最著的词人——柳永几乎妇孺皆知，当时流行"凡有井水饮处，皆能歌柳词"（叶梦得《避暑录话》卷三），可见其影响之广。柳永，生卒年难考，初名三变，字景庄，后改名永，字耆卿，福建崇安人。因排行第七，又称柳七。因为柳词中有"才子词人，自是白衣卿相"，以及"忍把浮名，换了浅斟低唱"这样的词句，仁宗知道后认为柳永过于狂妄，不准录取，而招致他屡试不第。晚年才考取进士，做过屯田员外郎一类的小官，世称柳屯田。在北宋著名的词人中，柳永是一位特殊的人物。他的官位最低，但在词史上却占有重要地位。他是北宋第一个专力写词的作者，也是第一个大量写作慢词的词人。他一生在野时间很长，进入仕途后，官职又极卑微。由于仕途坎坷、生活潦倒，他由追求功名转而厌倦官场，沉溺于繁华的都市生活，并混迹于秦楼楚馆，在世俗中寻找寄托。柳永以毕生精力作词，自称"奉旨填词柳三变"，并以"白衣卿相"自许。柳永是中国词史上第一位专业词人，精通音律，擅长作词，其词作可谓是风靡两宋，从市井百姓到文人学士，甚至皇帝都喜欢他的作品。据宋代俞文豹《吹剑录》记载：有一次，苏轼想要把自己的词和柳永的词对比一下，就问一位善歌的幕士："我词何如柳词？"那幕士感到左右为难：贬柳褒苏，他不情愿；褒柳贬苏，更不可以。于是他灵机一动，答道："柳郎中词，只合十七八女郎执红牙板，歌'杨柳岸，晓风残月'，而学士词（指苏东坡的词）须关西大汉、铜琵琶、铁绰板，唱'大江东去'。"苏轼听后，哈哈大笑。由此可见柳词在当时社会上的影响之大。

柳永塑像

柳永是婉约词派的代表人物之一，对词调的丰富、词体的变革以及词表现内容的扩大都做出了突出的贡献，堪称北宋词坛的一座里程碑。柳词丰富的题材、新颖的格式、通俗的艺术风格，使其在词坛上独树一帜。柳永还是宋代词坛上第一位成功的开拓者和革新家。他创制了许多慢词长调，采用铺陈叙事和情景交融的手法来写婉约词，使婉转含蓄的感情得到淋漓尽

柳永词作《雨霖铃》

致的抒发。现在作品集有《乐章集》。柳永的作品可概括为三类：一是写都市生活的繁华，二是写男女情爱的苦痛，三是写羁旅行役的悲伤。其作品往往把写景、叙事、抒情融为一体，使慢词发展成为与小令双峰并峙的成熟的文学样式。柳永婉约词中传世之作很多，多描绘城市风光和歌伎生活，尤长于抒写羁旅行役之情。如《蝶恋花》（伫倚危楼风细细）、《定风波》（自春来惨绿愁红）、《八声甘州》（对潇潇暮雨洒江天）、《雨霖铃》（寒蝉凄切）等。其中的《雨霖铃·寒蝉凄切》被誉为宋金十大金曲，这首词，虽然用语寻常，明白晓畅，但脍炙人口，经久不衰，传诵至今，堪称词坛婉约极品。

柳永塑像

柳永故居前的柳永夫妇塑像

柳永纪念馆牌坊

雨霖铃

寒蝉凄切，对长亭晚，骤雨初歇。都门帐饮无绪，留恋处，兰舟催发。执手相看泪眼，竟无语凝噎。念去去、千里烟波，暮霭沉沉楚天阔。

多情自古伤离别，更那堪冷落清秋节。今宵酒醒何处？杨柳岸，晓风残月。此去经年，应是良辰好景虚设。便纵有千种风情，更与何人说！

这是柳永离开都城汴京（现在河南开封）时写的一首慢词，写的是羁旅离情，通篇是伤情离别的感怀，是一首典型的婉约之作。词中描写了作者离京南下时长亭送别的情景，抒发了跟情人难分难舍的感情，将他离开汴京与恋人惜别时的真情实感表达得缠绵悱恻、凄婉动人。在倾吐深深的离愁时，也抒发了对自己遭遇的感慨和受压抑的愤懑。词中情景交融，通过景物的烘托和层层铺叙写了离别时的情景和离别后的伤痛，把作者和恋人之间郁积的离情别绪表现得淋漓尽致。由于柳永把羁旅离情写得荡气回肠，又通俗易懂，所以当时引起了广大羁旅行役者的共鸣，很快风靡了茶坊酒楼。不仅歌伎们争相歌唱柳词，甚至士大夫阶层也有很多人欣赏柳词，苏轼对《雨霖铃》就十分佩服。

此词以"伤离别"为主线，眉目清晰。上片写别离，以冷落秋景为衬托，渲染了惜别的场景。从日暮雨歇、都门外送别、设帐饯行，到兰舟催发、泪眼相对、执手告别，依次层层描述离别的场面和双方惜别的情态，犹如一部故事性很强的戏剧，展示了令人伤心惨目的一幕。下片述怀，承"念"字而来，设想别后情景，推测别后刻骨铭心的思念。

上片主要写饯行时难舍难分的惜别场面，抒发离情别绪。"寒蝉凄切，对长亭晚，骤雨初歇"三句写环境，在季节时间上只是轻轻一点。"寒蝉"也就是秋后的蝉，一番秋雨之后，蝉只剩下几声若断若续的哀鸣了，是活不了多久的。因此，寒蝉就成了悲凉的同义词。"寒蝉"透出了"悲"的韵味，酿造了一种足以触动离愁别绪的韵味，也点出别时的季节是萧瑟凄冷的秋天，地点是汴京城外的长亭，具体时间是雨后阴冷的黄昏。"对长亭晚"即面对长亭，正是傍晚时分。"长亭"是陆上的送别之所。古代驿站路上约隔十里设一长亭，五里设一短亭，供游人休息和送别。后来"长亭"

柳永画像

婉约派的代表作家及其作品赏析

柳永纪念馆牌坊

成为送别地的代名词。在中国古典诗歌里长亭已成为陆上的送别之所，本处借意象"长亭"点明离别之情。这三句写出了时间、地点、景物，以凄清景色揭开了离别的序曲：人将别、日已晚、雨乍停、蝉声切，加之惜别的长亭、凄凉的深秋。壮士分别尚且悲伤，更何况这对一别可能成永诀的恋人呢？我们可以想见，深秋之日，傍晚时分，一阵急雨之后，蝉儿叫声凄切。此时此刻，离别之人谁不会感到寒凉？谁不会"伤离别"？通过这些景物描写，融情入景，点染气氛，准确地将恋人分别时凄凉的心情反映出来，为全词定下凄凉伤感的调子，真正做到了字字写景而字字含情。

"都门帐饮无绪，留恋处，兰舟催发"。"无绪"即没有情绪、无精打采。兰舟，据说鲁班曾经用木兰树做成船，后来"兰舟"就成了船的美称。这里写的是离别时的心情。在京都郊外搭起帐幕设宴饯行，暗寓仕途失意，且又跟恋人分手，透露了现实的无情和词人内心的痛苦。本想多"留恋"片刻，两情依依，难舍难分之际，怎奈"兰舟催发"，这样的饯别酒，饮起来怎能不"无绪"？欲留不得，欲饮无绪，矛盾至极，由此可窥见留恋之情深。词中用"无绪""催发"来映衬"留恋"：为何

一叶扁舟

婉约派的代表作家及其作品赏析

柳永词作石刻

"无绪"？为何"催发"？这一切都是恋情深、离别难造成的。因为生离死别乃人生两大伤心事，何况是与恋人生离！

于是后面便迸出"执手相看泪眼，竟无语凝噎"，是不得不别的情景。柔情蜜意千千万，唯在泪花闪烁间。"凝噎"即悲痛气塞，说不出话来。这里是白描手法，寥寥十一个字，生动细腻，描情绘意，如在目前，绝妙无比。一对情人，紧紧握着手，泪眼相对，谁也说不出一句话来。这两句把彼此悲痛、眷恋而又无可奈何的心情，写得淋漓尽致：手拉着手，泪眼对着泪眼，纵有千言万语，因悲痛气塞而一句也说不出来。一对情人伤

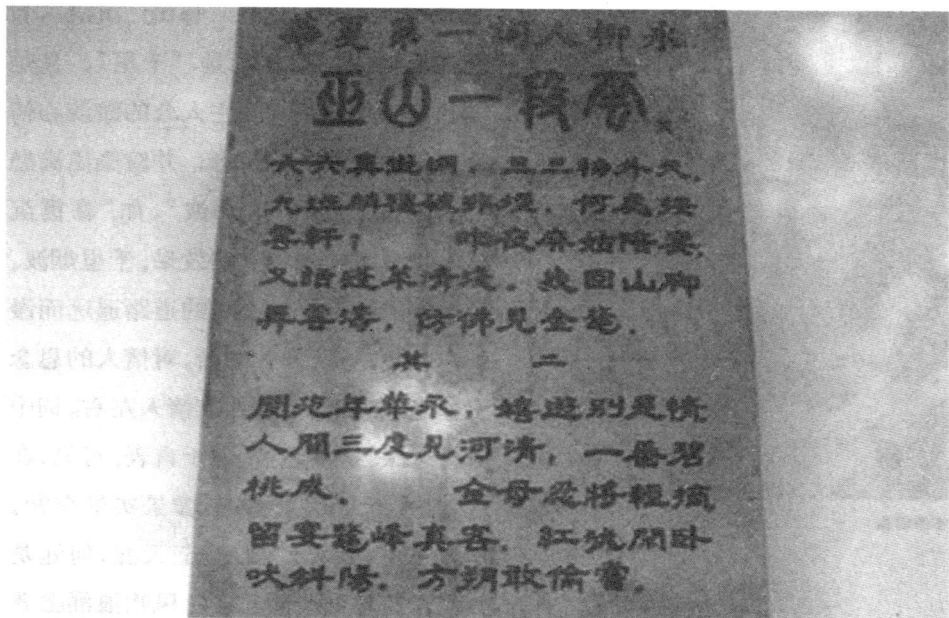

柳永词作《巫山一段云》

心失魄之状，跃然纸上，将惜别推向高潮。

　　词人凝噎在喉的是什么呢？就是"念去去、千里烟波，暮霭沉沉楚天阔"。一个"念"字，告诉读者以下所写景物是想象的。依据事物的发展趋势，很自然会联想到别后的处境。"去去"就是往前走了一程又一程，越去越远的意思。"念"字后"去去"二字连用，让我们感觉到去路茫茫。而且一路上暮霭深沉、烟波千里，最后漂泊到广阔无边的南方。"暮霭"即傍晚的云气，这里以"楚天"泛指南方的天空，因为战国时期湖南、湖北、江苏、浙江一带属于楚国。"烟波""暮霭""沉沉"，

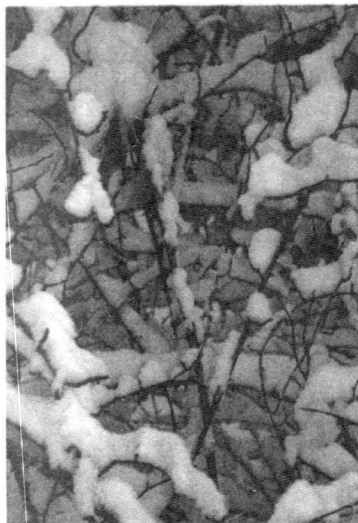
冬季雪景

着色一层浓似一层；既是"千里"，又是"阔"，一程远似一程，主人公的黯淡心情给天空水色涂上了阴影，并渲染出离愁至大至深，似"千里烟波"，如"暮霭沉沉"，收到了虚实相生的效果。千里烟波，楚天空阔，设想到别后的道路遥远而漫长。就此一别，人各东西，对情人的思念有如楚地沉沉烟波，伴随情人左右。词中离愁之深、别恨之苦，溢于言表。可见，在这句中，近景远景相连，虚景实景交融。烟波千里，楚天广阔，茫茫天涯，何处是归程？离愁别绪都几许？风吹浪涌融暮霭。这不仅衬写了别后怅然空虚的心情，同时也暗示了作者在政治上失意后对前程的迷茫。同时，从词的结构看，这一句由上片实写转向下片虚写，具有承上启下的作用。

从上片的描写，我们可以这样想象：一个深秋的傍晚，北宋京都汴梁（今河南开封）郊外，一个临时搭起的帐篷内，一对男女饮酒话别。帐外，寒蝉凄惨地哀鸣，好像在为他们伤别而哭泣。那不远处的长亭，已经隐隐约约，可见天色将晚，一场大雨也刚刚停歇。天将晚，雨已停，河边不时传来艄公的喊声："快上船吧，要开船了！"两人不得已徐徐站起，走出帐外，万般依恋之际，却真的要分手了。他们双手相拥，泪眼相看，竟然一句话也说不出。船开了，人去了，渐行渐远。情人岸边伫立，含着泪，举着手，一直目送那兰舟消失在无边无际的暮霭里。这就是北宋词人柳永与情人话别的场面，也就是《雨霖铃》上片所写的内容。

下片以"多情自古伤离别"承接上文。自古以来，多情人都会为离别而忧伤，今天多情人当然不会例外，何况在这"冷落清秋节"！"自古"两字，从个别特殊的现象出发，提升为普遍、广泛的现象，扩大了词的意义。"离别"是导致"最苦"的直接原因，仿佛在说，人间最苦是情种！

柳永赋词场景石刻

纤柔细软的柳丝象征着情意绵绵

词人在这里先宕开一笔，将自己的感情赋予普遍的意义：自古以来多情者都会因离别伤心。但接着"更那堪冷落清秋节"一句，"清秋节"即萧瑟冷落的秋季。时当冷落凄凉的秋季，离情更甚于常时，强调自己比常人、古人承受的痛苦更多、更甚。江淹在《别赋》中说："黯然销魂者唯别而已矣！"作者把古人这种感受融化在自己的词中，而且层层递进，创造出新意。

"今宵酒醒何处？杨柳岸，晓风残月。"这是写酒醒后的心境，同时也是他漂泊江湖的感受。杨柳是古代最能代表惜别之物，故汴水两岸广栽杨柳。在中国文学史上，柳是一个很早就被咏唱的对象，古代诗歌中离情常常与柳相关，原因大概有两点：一是"柳""留"谐音，古人在送别之时，往往折柳相赠，有"挽留"之意；二是柳树容易成活，而且生长速度较快，用它送友意味着无论漂泊何方都能枝繁叶茂，而纤柔细软的柳丝则象征着情意绵绵，柳枝那摇摆不定的形体，又能够传达出亲友离别时那种"依依不舍"之情。所以，这里写"柳"是在写难留的离情；写晓风凄冷，是在写别后的寒心；写残月破碎，是在写今后难圆之意。酒入愁肠愁更愁，词人因"无绪"而饮的闷酒极易使人沉醉。设想一下，词人乘着兰舟，沿着栽满杨柳的汴河岸，一直飘下去，直到残月西沉，晓风渐起，才吹醒痴情的词人。这几句景语，将离人凄楚惆怅、孤独忧伤的感情，表现得十分真切，创造出一种特有的意境。这两句妙就妙在用景写情，真正做到"景语即情语"。"杨柳岸，晓风残月"是脍炙人口的千古名句，代表了柳词通俗、以白描见长的风格。

词的结尾只能从长记忆，设想将来：此去经年，应是良辰好景虚设。便纵有千种风情，更与何人说？"经年"即经过一年或多年，这里指年复一年。这四句更深

柳永故居一景

柳永纪念馆蜡像

一层推想离别以后惨不成欢的境况。今后漫长的孤独日子怎么挨得过呢？纵有良辰好景，也形同虚设，因为再没有心爱的人与自己共享！再退一步来说，即便对着美景产生一些感受，但又能向谁去诉说呢？总之，一切都提不起兴致了，这几句把词人的思念之情、伤感之意刻画到了细致入微、至尽至极的地步，也传达出彼此关切的心情。"便纵有千种风情，更与何人说"，"风情"即情意。这里以问句归纳全词，感情显得更加强烈，犹如奔马收缰，有住而不住之势；又如众流归海，有尽而未尽之致。可见，末尾二句画龙点睛，为全词生色，从而成了脍炙人口的千古名句。

《雨霖铃》全词围绕"伤离别"而构思，先写离别之前，重在描摹环境；再写离别之时，重在描写情态；最后想象未来，重在刻画心理。由今夕推及经年，由眼前的"无语凝噎"设想到"暮霭沉沉楚天阔"，更推及"便纵有千种风情，更与何人说"。一波三叹，想象别后相思的苦况，悲伤更深一层。"凄、苦、惨、悲、痛、恨、愁"贯穿始终，令人不忍再读。不论描摹环境、描写情态，还是想象未来，词人都注意了前后照应，虚实相生，层层深入，曲折回环，情景交融，读起来如行云流水，起伏跌宕中不见痕迹。以千种风情衬尽了羁旅愁苦、人间别恨，回环往复又一气贯注地抒写了"相见时难别亦难"的不尽愁思。古往今来有离别之苦的人们在读到这首《雨霖铃》时，都会产生强烈的共鸣。由此可见，《雨霖铃》句句都紧扣"伤离别"之"眼"运笔，因此主旨鲜明突出，句句都运用了艺术手法，因此化寻常为奇崛，虽言浅而情深。"感人心者，莫先乎情""情信，辞欲巧"。柳永的这首词又一次证明了这几句古语的正确性。宋人论词往往有雅俗之辨，柳词一向被判为"俗曲"。此词上片中的"执手相看泪眼"等语，确实浅近俚俗，近于秦楼楚馆之曲。但下片虚实相间，情景相生，足以与其他著名的"雅词"相比，因此这首《雨霖铃》堪称俗不伤雅，雅不避俗。

（二）北宋后期的秦观及其《踏莎行·郴州旅舍》

秦观（1049—1100 年），字少游、太虚，号淮海居士，扬州高邮（今属江苏高邮）人。36 岁中进士。曾任蔡州教授、太

词人秦观塑像

秦观塑像

学博士、国史院编修官等职。在新旧党之争中，因和苏轼关系密切而屡受新党打击，先后被贬到处州、郴州、横州、雷州等边远地区，最后死于藤州。他是北宋后期的著名词人，在词史上有相当高的地位，词集有《淮海居士长短句》。在艺术上，秦观融会众长，把对传统的借鉴同自己的独创融为一体，创作雅词，形成了独特的风格，被誉为"婉约之宗"。尽管其传世之作还不到百首，但他在词史上的地位及其对宋词发展所起的承传作用，却是不可低估的。他前承花间词派清丽之风的韦庄，后开周邦彦、李清照，是婉约词派中承前启后的人物。他与周邦彦齐名，人称"秦周"。 他与黄庭坚、晁补之、张耒被称为"苏门四学士"，颇得苏轼赏识。

秦观生性豪爽，洒脱不拘，词风婉约纤

细、柔媚清丽，情调低沉感伤，愁思哀怨。秦观特别擅长写离情别绪、伤春悲秋、羁旅行役等感伤题材。其婉约的代表作有《鹊桥仙》（纤云弄巧）、《满庭芳》（山抹微云）、《望海潮》（梅英疏淡）《踏沙行·郴州旅舍》等。下面我们就来赏析他的《踏莎行·郴州旅舍》。

踏莎行·郴州旅舍

雾失楼台，月迷津渡，桃源望断无寻处。可堪孤馆闭春寒，杜鹃声里斜阳暮。

驿寄梅花，鱼传尺素，砌成此恨无重数。郴江幸自绕郴山，为谁流下潇湘去？

在北宋词人中，秦观本来是以独具善感的"词心"著称的一位文人，而当他在仕途上遭遇挫折，因新旧党之争而被贬黜之后，他便以其锐感的词心，体验到了深重的悲苦。因此在他晚期的词作中，由早期的纤柔婉约转入了一种哀苦凄厉的境界。这首《踏莎行·郴州旅舍》，就是他晚年由处州又被贬到郴州以后所写的，是最能表现他这种哀苦凄厉心情的代表作品。直到现在，在湖南省郴州市苏仙岭白鹿洞的石壁上，还有一个高52厘米，宽46厘米，十一行，每行八字，行书的石碑，这就是"三绝碑"。所谓"三绝"，即秦观的词《踏莎行·郴州旅舍》、大文学家苏轼为该

秦观塑像

词写的跋和著名的书法家米芾把词和跋写下来的书法。可见,"三绝碑"所谓"三绝"指的是秦词、苏跋、米书。三绝碑先后四次被公布为省级重点文物,其艺术价值很高。

这首《踏莎行·郴州旅舍》是秦观被贬郴州之后寄托个人身世之感的词作,是一首蜚声词坛的千古绝唱。郴州,就是今天湖南的郴县。宋哲宗绍圣初年,秦观因受"元佑党人"的牵连,先被贬为杭州通判,继而又受到苏轼的牵连再次被贬,最后又被迁徙郴州。政治上连续的挫折与打击,生活上一再的变动和颠簸,使一个曾经怀有远大理想的词人感到理想破灭,前途渺茫,心情极度低沉。这首词形象地刻

秦观纪念堂

画了作者被贬郴州时的孤独处境和屡遭贬谪而产生的不满之情。就作者的遭遇和词中所反映的情绪看，决不能简单地把这首词归结为一般的羁旅相思之作。作者无故遭贬，内心的痛苦是可想而知的。但是，在词作中，他只用了"砌成此恨无重数"一句正面点出自己的怨恨，其余的则通过凄迷的景物描写来表达。作者将外在的幽迷之景和内在的感伤之情出神入化地结合起来，使词的意境更加凄婉，词的感情更加感伤，这确实是深通含蓄之妙的笔法。王国维曾评价这首词："少游词境最为凄婉，至'可堪孤馆闭春寒，杜鹃声里斜阳暮'，则变而为凄厉矣。"（《人间词话》)因此可以说，凄厉是这首词的艺术特色。

上片写词人谪居中寂寞、凄冷、孤独的处境。词一发端，即为全篇奠定了凄厉的基调。开头三句：雾失楼台，月迷津渡，桃源望断无寻处。缘情写景，勾勒出一幅夜雾凄迷、月色昏黄、黯然销魂的画面：漫天迷雾隐去了楼台，月色朦胧中，渡口显得迷茫难辨。"津渡"即渡口。"雾失楼台"的"失"字用得生动，由于雾气的遮掩，楼台消失了。"月迷津渡"是首句的补充。雾遮住了楼台，当然也遮住了行船的渡口。由于月色昏黄，渡口看不清了。这样，楼台在茫茫大雾中消失，渡口在朦胧月色中隐没，整个世界就这样凄凄迷迷的一片。"雾失楼台，月迷津渡"互文见义，是传送不衰的情景交融的佳句。并且"失""迷"二字既精确地勾勒出月下雾中楼台、津渡的模糊状态，又传神地写出了作者无限凄迷的思绪。此刻，由于大雾茫茫，不仅吞失了楼台，连往日那熟悉的"津渡"也不知去向。一个"迷"字的出现，仿佛连月亮也有了人的情感。知人论世，联系词人和身世遭遇，这里我们能够读出词人谪居

秦观书法《摩诘辋川图跋》（局部）

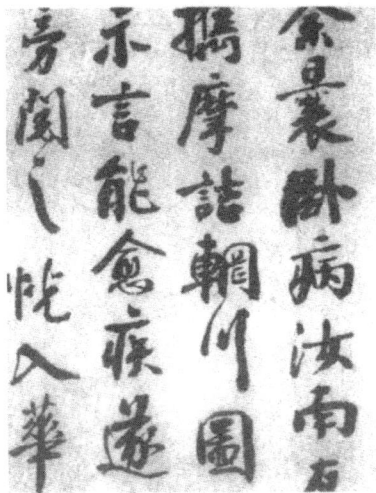

秦观纪念堂一景

郴州时的黯淡心情。当然，作者瞩目之所在，并非眼前的"楼台"与"津渡"，而在于那长期索系于作者心头的"桃源"。所以第三句便明确点出"桃源望断无寻处"。词人站在旅舍观望想必已经很久了，原来他在苦苦寻找当年陶渊明笔下的那块世外桃源。桃源，其处武陵（今湖南常德），离郴州不远。词人由此产生联想：即是"望断"，亦为枉然。一个"断"字，让人体味出词人苦苦寻觅后的怅惘与失望。桃源在古诗词中，不仅是避乱隐居的处所，而且也是大多数有理想、有抱负的知识分子理想寄托之所在。"桃源"是陶渊明心目中的避乱胜地，也是词人心中的理想乐土，千古关情，异代同心。"楼台""津

文游台一角

渡"在中国文人的心目中，具有深厚的文化蕴涵，它们是对精神空间的超越与拓展。词人多么希望借此寻出一条通向"桃源"的通道！然而一"失"一"迷"，一切雾笼烟锁。以上三句，形象地反映出作者屡遭贬谪之后的极度灰心失望的情绪。有了这样的一种情绪，作者的凄苦心情已经可想而知了。不过这种困龙之哀不是一般人所能理解的。

即使作者望穿双眼，"桃源"仍无处可寻。词人只好把放纵的目光无奈地收回，审视此时此地此身，苦难不可脱，仙境不可期，现实烦恼又无从回避，词人真是太失望、太伤心了，可依旧待在郴州的旅舍

乍暖还寒

里，分外觉得冷清，真情所至，于是迸出了千古名句："可堪孤馆闭春寒，杜鹃声里斜阳暮。"声情凄厉，感人肺腑。身处"孤馆"，还要加上春天的寒意，那就由凄冷变为悲凉了。"可堪孤馆闭春寒"，是说怎么忍受得了"孤馆"还笼罩在"春寒"之中呢？"孤馆"已经使人不堪，还要加上"春寒"；"春寒"已经使人不堪，还要加上杜鹃的声音、斜阳的景象，就越发使人不堪了。"春寒"是身之所感，"杜鹃"是耳之所闻，"斜阳"是目之所见，然后以一"暮"字点明春暮、日暮，杜鹃一叫，今春就过去了；斜阳一落，今天就过去了，有写不尽归家的痛苦，一层深似一层。春寒料峭，词人独处孤馆，凄凉况味，可以想见。而一个"闭"字，更使人感到孤馆内的寒冷空气似乎处于封闭之中，凝聚不散。这里不说被封闭之人，却说被封闭之春寒，以虚代实，足见凄楚之难耐，更何况前面又冠以"可堪"二字。"鹃声""斜阳"在古诗词中都是引起乡愁的客观事物，相传杜鹃叫声凄厉，似"不如归去"，极易牵动旅客的乡思。

综观词的上片，此时词人以羁旅之身，谛听着杜鹃凄厉的啼血之声，声声"不如归

"秦观读书堂"入口

去"；目之所见只能是那如血的斜阳。原本"雾失楼台""桃源望断"就已使作者凄苦难耐，又怎能消受得了"孤馆""春寒""鹃声""斜阳"的交叉袭击呢！词人心境的凄苦，都在这凄厉的氛围中被烘托出来了。

下片写被贬谪的不满心情，紧承"闭"字加以展开。"闭"在"孤馆"之中的情况又是如何呢？"驿寄梅花，鱼传尺素"，是说不断得到远方亲友的书信。"驿寄梅花"引用了陆凯寄梅的典故。据《荆州记》记载，南朝的陆凯与范晔交情很深。陆凯从江南委托驿使把新折的一枝梅花寄给范晔，还附上一首诗："折梅逢驿使，寄与陇头人。江南无所有，聊赠一枝春。"作

秦观纪念堂内景

者以远离故乡的范晔自比，这里"驿寄梅花"就是用寄信表示慰问。"鱼传尺素"，用的是古乐府《饮马长城窟行》的诗句，"客从远方来，遗我双鲤鱼。呼儿烹鲤鱼，中有尺素书"。素是白色丝绸，古人用来写字。尺素，代表书信。一般说来，有了"梅花"和"尺素"这样的礼物和音信，似可略慰远谪他乡的客子之心了，然而事与愿违，每一封裹寄着亲友慰安的书信，触动的总是词人那根敏感的心弦，奏响的是对往昔生活的追忆和痛省今时困苦处境的一曲曲凄伤哀婉的歌。每来一封信，词人就历经一次心灵的挣扎，使得此恨绵绵，别是一番滋味在心头。"砌成此恨

无重数"，可以用重重叠叠的书信砌成愁恨，这一思想极为罕见。但是我们一旦细思量，这个比喻很切合当时词人的心情。词人身羁郴州，回乡无望，尽管书信频通，也不过借抒离愁别恨而已。因此书信越多，恨也就堆积得越高。用无数的"梅花"和"尺素"堆砌成的恨，就将抽象的感情化为具体的形象，令人可感、可见，似乎可以触摸得到。特别是词句中的"砌"字，把愁恨这类抽象的感情具体化了，当做具有一定体积的实体，像用一块一块的砖砌墙一样层层垒起，形成心中的一堵墙，显得很有分量。"砌成此恨无重数"应该是发自

"郴江幸自绕郴山，为谁流下潇湘去"

作者内心的最强音，离恨犹如"恨"墙高砌，使人不胜负荷。那么，这"恨"字的内涵是什么呢？恨谁？恨什么？身处逆境的词人没有明说，这正是秦观词婉转含蓄之所在。不过，从这首词的正面描写与侧面烘托，从上、下片用意深微的收结来看，仍可体味出作者的良苦用心。

我们试想，秦观何尝不想把心中的悲愤一吐为快呢？但他忧惧谗言，不能说透。于是化实为虚，宕开一笔，借眼前山水作痴痴一问："郴江幸自绕郴山，为谁流下潇湘去？"无理有情，无理而妙。意思是说，郴江环绕郴山，紧相依靠，互不分离，算是很有幸的，可郴江究竟是为了什么要离开郴山，向湘水流去了呢？这两句又是借景生情，寓情于景的名句。"幸自"即本身的意思。从表面来看，这两句不过表现出一种羁旅相思之情而已，联系实际，这两句可谓是血泪写成！这里"郴江"离开了"郴山"，并非简单地比喻人的分别，联系秦观政治上的不幸遭遇，这两句是有深刻含义的。按作者的志愿，本该在朝廷里为国家做一番有益的事业，犹如"郴江"紧紧围绕"郴山"旋转一般依依不舍。然而，如今却不知为什么被贬到这荒远地区，

就像眼前的"郴江"一样，离开了它日夜萦绕的"郴山"，竟然匆促地向潇湘涌流而去。况且，郴江犹可以"流下湘潇"，自己在郴州的"孤馆"里，却是"桃源望断无寻处"，无处可去。短短两句词，只就实地景物，随手拈来，淡淡写去，而含意极深。可见，结尾的发问类似《天问》中深悲沉恨的问语，让人感到无比沉痛！据说，苏轼不仅赏识秦观的才能，而且也十分了解秦观的为人，并同情他的不幸遭遇。秦观之所以被贬，也正是受到苏轼的牵连。所以"为谁流下潇湘去"的喟叹，不仅发自秦观的内心，实际也说出了苏轼以及与苏轼有相同命运的知识分子的深切感受。可以说，苏轼之于秦观的灵感犀

文游台全景

竹园

心，是一种高山流水之悲。

总之，此词以新颖细腻、委婉含蓄的手法描写了词人在特定环境中的特定心绪，抒发了内心不能直言的深曲幽微的贬谪之悲，寄托了深沉哀婉的身世之感，并使用写实、象征的手法营造凄迷幽怨、含蓄深厚的词境，充分体现了作者身为北宋婉约派大家卓越的艺术才能。秦观之所以能写出此类作品，是由于他敏锐的心性和悲苦的遭遇相互结合，加之生花妙笔将其锐感深思中的悲苦凝聚成了深刻真切的佳作。词中对自己不幸的身世遭遇，除了消极地幻想避世以求解脱之外，剩下的就都

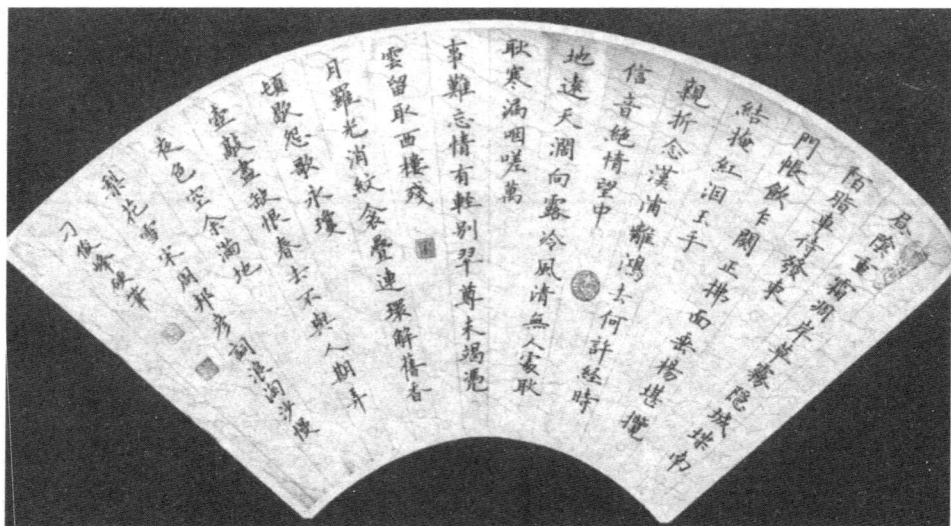

周邦彦作品

是无可奈何的悲叹了。这里用比兴的手法，寄托这一腔深怨，不了解词人身世及其填词时的特定心情，是很难体会得到的。孟子所说的"知人论世"，对这首词的研究是特别有用的。词人真可谓用心良苦！

（三）北宋后期的周邦彦及其《兰陵王·柳阴直》

周邦彦（1056—1121年），北宋后期的著名词人，字美成，自号清真居士，浙江钱塘（今浙江杭州市）人。其婉约词的艺术成就显赫，在词坛上有巨大影响。周词能博采婉约各家之长，从而形成自己"富艳精工"的独特风格。周邦彦曾是国家音乐机构大晟府的提举，也是一个精通音乐的宫廷词人，对宋词艺术形式的成熟与完美，做出了重要贡献。他既是北宋婉约词派的集大成者，又是南宋格律词派的先驱，在两宋词史上具有继往开来的重要地位。周邦彦现存词二百余篇，作品多写闺情、羁旅，也有咏物之作。其词承柳永而多有变化，市井气少而宫廷气多，词风也比柳永更加典雅含蓄，且长于铺叙，善于熔铸古人诗句，辞藻华美，音律和谐，具有浑厚、典丽、缜密的特色。其写景小词，富有清新俊逸的情调，为后来格律派词人所推崇。旧时词论家称他为"词家之冠"。有《清真居士集》，后人改名为《片玉集》。

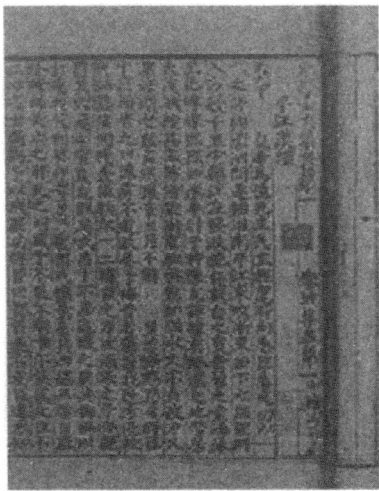

《周邦彦词集》书影

兰陵王·柳阴直

柳阴直，烟里丝丝弄碧。隋堤上，曾见几番，拂水飘绵送行色。登临望故国。谁识京华倦客？长亭路，年来岁去，应折柔条过千尺。

闲寻旧踪迹，又酒趁哀弦，灯照离席。梨花榆火催寒食。愁一箭风快，半篙波暖，回头迢递便数驿，望人在天北。

凄恻，恨堆积！渐别浦萦回，津堠岑寂。斜阳冉冉春无极。念月榭携手，露桥闻笛。沉思前事，似梦里，泪暗滴。

这首抒写离情的词，是作者客居汴京时送客之作，描写了作者在汴京河畔与人分手时的离愁，体现了周邦彦词之独特风格。兰陵王，词牌名，"柳阴直"为词题，内容却不是咏柳，而是伤别。古代有折柳送别的习俗，所以诗词里常用柳来渲染别情。这首词就是这样，托柳起兴，由柳树引出别情，通过眼前和过去的时间转换，现实与想象的空间交替，层层深入地抒写了伤离别恨和身世飘零之感，具沉郁顿挫的风格。有人曾说，周邦彦的词诗味很浓，或者说文人气很浓。这首词虽不像他的其他词作那样化用前人诗句，但是词的情调、气氛很接近于诗，很能体现

周邦彦词作《兰陵王·柳》

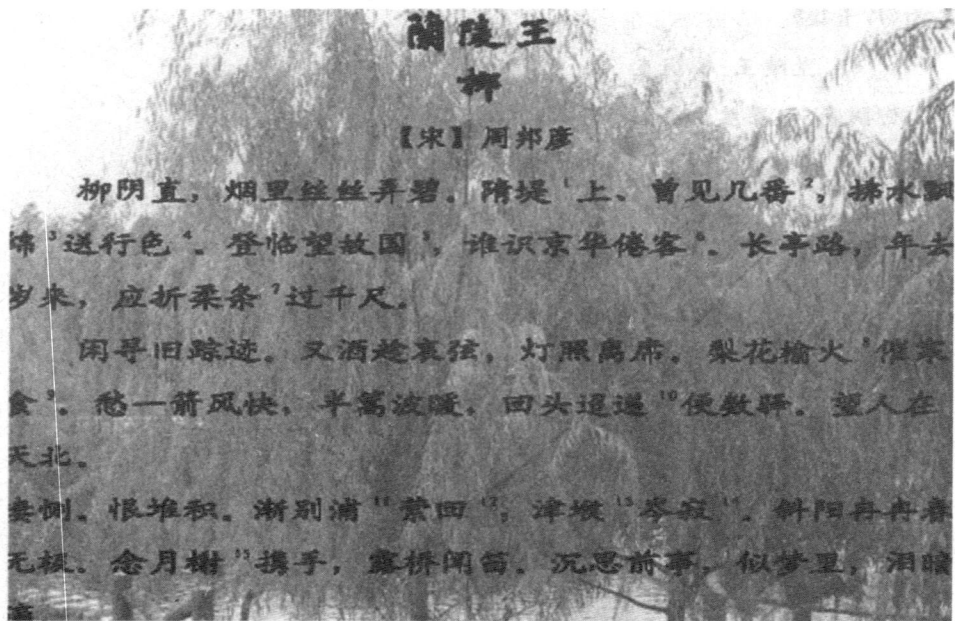

婉约词曲折含蓄的抒情特点。全词分三叠。一叠以柳色来写别情；二叠写离筵与惜别之情；三叠写越走越远，越远越恨。

第一叠由柳荫、柳丝、柳絮，引出折柳送别之人。"柳阴直，烟里丝丝弄碧"写的是作者此次离开京华时在隋堤上所见的柳色。所谓"柳阴直"，仿佛是一幅极具透视感的画面：时当正午，日悬中天，柳树的阴影不偏不倚地直铺在地上；而长堤之上，柳树成行，柳荫沿长堤伸展开来，划出一道直线。"烟里丝丝草碧"转而写柳丝：新生的柳枝细长柔嫩，像丝一样。它们仿佛也知道自己碧色可人，故意飘拂

柳丝拂水，碧色可人

着以显示它们的美，而柳丝的碧色透过春天的烟霭看去，更有一种朦胧的美。

"隋堤上，曾见几番，拂水飘绵送行色"。隋堤指汴京附近汴河的堤，因为汴河是隋朝开的，所以称隋堤。柳树"拂水飘绵"仿佛是行人出发前的景象。这四个字锤炼得十分精工，生动地摹画出柳树依依惜别的情态。那时词人登上高堤眺望故乡，别人的回归触动了自己的乡情。这样的柳色已不止见过一次，那是为别人送行时看到的。

这个厌倦了京华生活的客人的怅惘与忧愁又有谁能理解呢？"登临望故国，谁识京

插竹亭

华倦客？"隋堤柳树只管向行人拂水飘绵表示惜别之情，并没有顾及送行的京华倦客。其实，那欲归不得的倦客，他的心情该是怎样的悲凄呢！"谁识京华倦客"一句道出了"斯人独憔悴"的感慨！

接着，词人撇开自己，又将思绪引回到柳树上面："长亭路，年来岁去，应折柔条过千尺。"古时驿路上十里一长亭，五里一短亭。亭是供人休息的地方，也是送别的地方。词人设想，在长亭路上，年复一年，送别时折断的柳条恐怕要超过千尺了。这几句表面看来是写柳树，而深层的含义却是感叹人间离别的频繁。折柳之多，足见送客之频、宦游之倦、离愁之浓。这样，就为下文的抒情做好了铺垫。

第二叠便抒写自己的别情。"闲寻旧踪迹"，"寻"是寻思、回想的意思。"踪迹"指往事。"闲寻旧踪迹"，就是追忆往事的意思。为什么说"闲"呢？当船将开未开之际，词人忙着和人告别，不得闲静。这时船已起程，周围静了下来，自己的心也闲下来了，就很自然地回忆起京华的往事。这就是"闲寻"二字的意味。我们也会有类似的经验，亲友到月台上送别，火车开动之前免不了有一番激动和热闹。等车开动以后，坐在车上静下心来，便去回想亲友的音容乃至

梨花绽放

拂水杨柳

相聚的一些生活细节。这就是"闲寻旧踪迹"。那么,此时周邦彦想起了什么呢?"又酒趁哀弦,灯照离席。梨花榆火催寒食"。这是船开以后寻思的往事。在寒食节前的一个晚上,情人为他送别。在送别的宴席上烛光跳跃,伴着哀伤的乐曲饮酒。此情此景真是难以忘怀啊!这里的"又"字告诉我们,从那次的离别宴会以后词人已不止一次地回忆,如今坐在船上又一次回想起那番情景。"梨花榆火催寒食"写明那次饯别的时间。古时有这样的风俗,寒食节在清明前一天,寒食这天禁火,节后另取新火。榆火,清明取榆、柳之火以赐近臣,

以顺阳气。"催寒食"的"催"字有岁月匆匆之感。也就是说，岁月匆匆，别期已至了。

"愁一箭风快，半篙波暖，回头迢递便数驿，望人在天北"。这四句很有实感，是作者自己从船上回望岸边的所见所感：风顺船疾，行人本应高兴，词里却用一"愁"字，这是因为有人让他留恋。可见，所愁应该是船快、路遥、人远。回头望去，那人已经远在天边，唯见一个难辨的身影。"望人在天北"五个字，写居者伫立码头凝神痴望，形神在目，包含着无限的怅惘与凄婉。总之，第二叠叙写了此番送别。踪迹、哀弦、离席，表明词人客居京华，别愁无穷多。

第三叠写分手之后的凄恻情怀，与第二叠的时间是接续的，感情上却又生波澜。开头五字两顿，可知心情凄切至极。"凄恻，恨堆积！""恨"在这里是遗憾的意思。船行愈远，遗憾愈重，一层一层堆积在心头难以排遣，也不想排遣。"渐别浦萦回，津堠岑寂。斜阳冉冉春无极"。从词开头的"柳阴直"看来，启程在中午，而这时已到傍晚。"渐"字也表明已经过了一段

初春垂柳

时间，不是刚刚分别时的情形了。这时望中之人早已不见，所见只有沿途风光。大水有小口旁通叫浦，别浦也就是水流分支的地方，那里水波回旋。"津堠"是渡口附近的守望所。因为已是傍晚，所以渡口冷冷清清的，只有守望所孤零零地立在那里。景物与词人的心情正相吻合。再加上斜阳冉冉西下，春色一望无边，空阔的背景越发衬出自身的孤单。

　　船行孤寂，时间又渐近黄昏，此时词人又不禁想起往事："念月榭携手，露桥闻笛。沉思前事，似梦里，泪暗滴。"月榭之中，露桥之上，度过的那些夜晚，都留下了难忘的印象，宛如梦境似的，一一浮现在眼前。想到这里，不知不觉滴下了泪水。词人最后以"泪暗滴"收束愁绪。"暗滴"是背着人

夕阳下的柳树

独自滴泪，自己的心事和感情无法使旁人理解，也不愿让旁人知道，只能暗自悲伤。

统观全词，叙事抒情萦回曲折，京华倦客之心绪一贯到底，有吐不尽的心事流淌其中。无论景语、情语，都很耐人寻味，那份离愁萦绕在每个读者的心头，挥之不去！

（四）"婉约之宗"——李清照及其《声声慢》《一剪梅》

跨越两宋的"人杰"李清照（1084—1155年），南宋杰出女文学家，历城（今山东省济南市章丘）人。号易安居士，以

李清照纪念馆正门

词著名，兼工诗文，并著有词论，在中国文学史上享有崇高声誉。李清照生于一个爱好文学艺术的士大夫家庭，父亲李格非是当时的著名学者，精通经史，长于散文，并且中过进士，官至礼部员外郎。母亲王氏也知书能文。在家庭的熏陶下，李清照从小便文采出众，诗、词、散文、书法、绘画、音乐，无不通晓，而词的成就最高。她的丈夫赵明诚为金石考据家。历史为李清照提供的是一个文化氛围甚浓的书香门第，一个颇有声望的仕宦之家。她的一生经历了表面繁华而又危机四伏的北宋末年和动乱不已、偏安江左的南宋初年。

李清照的词以其南渡为界限，分为前后两期。前期的词，主要描写少女、少妇的生活，多写闺情，流露出她对爱情生活的向往和别离相思的痛苦。她曾作《如梦令》，描述她少女时代在济南的欢乐生活："常记溪亭日暮，沉醉不知归路。兴尽晚回舟，误入藕花深处。争渡，争渡，惊起一滩鸥鹭。"宋时，济南城西确实有一个"溪亭"，现在趵突泉公园内漱玉泉畔及章丘百脉泉边都建立了李清照纪念堂。李清照18岁时，与赵明诚结婚。婚后，夫妻感情笃深，常常投诗报词。有一年的重阳节，李清照作了那首著名的《醉花阴》，寄给在外做官的丈夫："薄雾浓云愁永昼，瑞脑销金兽。佳节又重阳，玉枕纱橱，半夜凉初透。东篱把酒黄昏后，有暗香盈袖。莫道不销魂，帘卷西风，人比黄花瘦。"词中彻骨的爱恋，痴痴的思念，借秋风黄花表现得淋漓尽致。据说，赵明诚接到后，叹赏不已，又不甘下风，就闭门谢客，废寝忘食三日三夜，写出五十首词。他把李清照的这首词也杂入其间，请友人品评，不料友人说只有三句最好："莫道不消魂，帘卷西风，人比黄花瘦。"赵明诚自叹不如。

李清照纪念馆花园假山凉亭

婉约派的代表作家及其作品赏析

这个故事流传极广，可想他们夫妻二人是怎样在相互爱慕中享受着琴瑟相和的甜蜜。这也令后世一切有才有貌却得不到爱情的男女感到一丝的悲凉。

然而好景不长，靖康之变后，李清照南渡，颠沛流离，她既亲历了落难流浪之苦，又亲眼看到了南宋小朝廷昏庸无道、苟且偷安的黑暗现实。此时，她诗文的思想性提高了，完全跳出了个人悲欢之一己天地，密切关怀国家命运，表现出高度的爱国精神。她曾写过一首令女同胞震颤的《夏日绝句》："生当作人杰，死亦为鬼雄。至今思项羽，不肯过江东。"女词人面对乌江，追思

李清照纪念堂蜡像

先贤项羽，寄托感慨抱负，向世人大声宣
告：人要活得有气节，活得出类拔萃，昂
扬有为，有声有色；死要死得有价值，死
得壮怀激烈，慷慨悲歌。"生当作人杰，
死亦为鬼雄"——这就是女词人李清照的
人生观。但是，李清照南渡之后，与丈
夫赵明诚隔河相望，饱尝相思之苦。特别
是丈夫病死后，李清照孤苦无依，殚精竭
虑地编撰《金石录》，完成丈夫未竟之事。
因此，李清照后期的词，多悲叹身世，情
调感伤，有时也流露出对中原的怀念，以

山东济南趵突泉沧园

表达她的爱国思想。可以说李清照的作品是和愁字分不开的，从开始的情仇，到家破人亡的家愁，再到江山沦陷的国仇，这纷繁的愁绪交织在她的词作中，真可谓万古愁心！

李清照在理论上确立了词体的独特地位，提出了"词别是一家"之说。在创作上，李清照生动地展现了她的生命历程和情感历程。李清照的情感世界是独特的，她的艺术表现方式也是独特的。在内容上，她以知识女性特有的艺术感受，来展示前人未曾展示过的种种人生境况和生活情趣，使两宋以来的婉约雅词的题材、意境更加深化、细腻，把婉约雅词的发展推向了新的高峰。同时，她又以一个词人的敏锐眼光审视国破家亡的惨痛现实，通过抒写个人遭际的苦难，反映出两宋之交整个国家、民族的历史悲剧。她善于选取自己日常生活中的起居环境、行动、细节来展现自我的内心世界。如"守着窗儿，独自怎生得黑"(《声声慢》)、"怕见夜间出去。不如向、帘儿底下，听人笑语"(《永遇乐》)等动作细节，也表现出年老寡居独有的生活情态和寂寞心境。所以她的词历来被推为"词采第一""婉约之宗"。

李清照塑像

综观李清照之词，委婉清新，感情真挚，具有鲜明独特的艺术风格，前无古人，后无来者，被尊为婉约宗主，是中华精神文明史上的一座丰碑。曾有《易安居士文集》《易安词》，如今已经散佚。后人有《漱玉词》辑本，今人有《李清照集校注》。

声声慢

寻寻觅觅，冷冷清清，凄凄惨惨戚戚。乍暖还寒时候，最难将息。三杯两盏淡酒，怎敌他、晓来风急！雁过也，正伤心，却是旧时相识。

李清照纪念馆一景

满地黄花堆积，憔悴损，如今有谁堪摘？守著窗儿，独自怎生得黑！梧桐更兼细雨，到黄昏、点点滴滴。这次第，怎一个愁字了得！

这首词是作者后期的代表作，是词人南渡以后悲剧人生的一个缩影。前面我们已经提到，李清照的词常以"愁"为内容，无论是前期相思的浅愁，还是后期亡夫的深愁，都能曲折含蓄地表现出来。她善用白描，长于铺叙，以女性特有的细腻笔触，塑造出多愁善感、缠绵凄婉的自我形象，极具个性特征；同时她又精于营造情景交融的意境，让多愁善感的主人公立于优美的意境之中，分

外动人。这首词就是这样，融抒情、写景于一体，采用婉约词惯用的铺叙手法，把生活细节与自然景物带给词人的内心感受层层展开，表达了词人孤寂的处境和愁苦的心情。

开头连用七组叠字，增强了凄楚幽怨的效果，仿佛神来之笔，历来为词论家所赞赏。"寻寻觅觅，冷冷清清，凄凄惨惨戚戚"，抒写主人公一整天的愁苦心情。从"寻寻觅觅"开始，可见她从一起床便百无聊赖，若有所失，于是东张西望，浮萍一般，心无所系，希望找到点什么来寄

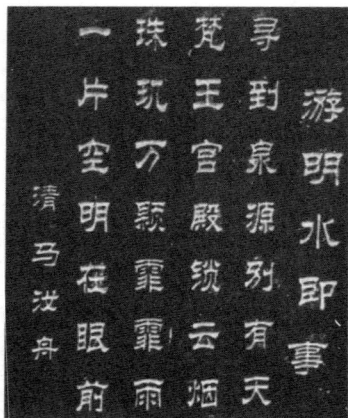

李清照诗《游明水即事》石刻

托自己的空虚寂寞。紧接着"冷冷清清"，是"寻寻觅觅"的结果，不但一无所获，反而一股孤寂清冷的气氛袭来，使自己感到难耐的凄惨忧戚，于是苦苦寻觅后也只能写道："凄凄惨惨戚戚"。仅此三句，以寻常之语创造出新意，把一种渗透着血泪的家国之痛，一种哀愁孤苦、度日如年的人生滋味，表达得淋漓尽致，同时，也为全词定下一种愁惨而凄厉的基调。

"乍暖还寒时候，最难将息"，是这首词的一个难点。此词作于秋日清晨，朝阳初现，所以说"乍暖"；但晓寒犹重，秋风萧瑟，所以说"还寒"。"最难将息"与上文"寻寻觅觅"相呼应，"将息"即休养，说明从一清早自己就不知如何是好。

"三杯两盏淡酒，怎敌他、晓来风急"，"晓"，通行本作"晚"。从全词意境来看，应该是"晓"字。"晓来风急"正与上文"乍暖还寒"相合。古人晨起于卯时饮酒，又称"扶头卯酒"。这句是说借酒消愁，却无法消解。

百无聊赖之际，词人六神无主地抬头望天，正好看到一行南来的秋雁，于是写道："雁过也，正伤心，却是旧时相识。"还是那群雁，正是往昔在北方见到的，因而无奈处再添伤心，所以说"正伤心，却是旧时相识"，以寄寓作者的思乡之情。

可见，词的上片，以李清照那独创的浓郁、凄凉的意境、低沉缓慢的声调，表现了词人无限的孤独和极大的悲苦。

下片由秋日高空转入自家庭院。园中开满了菊花，秋意正浓。于是词人写道"满地黄花堆积"，是说菊花盛开。"憔悴损"是指自己因忧伤而憔悴瘦损。正由于自己无心看花，虽然是菊花满地，却不想去摘它赏它。然而人不摘花，当然花自飘零；等到花已残，那么想摘已经不堪摘了。这里既写出了自己无心摘花的郁闷，又透露了惜花将谢的情怀。想必是借花写人，很有"花落人亡两不知"的味道。细细品来，笔意深远。

漱玉堂

细雨绵绵

　　"守著窗儿，独自怎生得黑！"一句，写词人独坐无聊，内心苦闷之情状，比"寻寻觅觅"三句有过之而无不及。这一句从反面说，好像天有意不肯黑下来而使人尤为难过。

　　"梧桐更兼细雨，到黄昏、点点滴滴"，这几句借景抒情，心境像那蒙蒙细雨笼罩的天空，而词人却细数那数也数不清的雨滴，受用这无边的心雨。温庭筠曾在《更漏子》下片中写道："梧桐树，三更雨，不道离情正苦；一叶叶，一声声，空阶滴到明。"这里正是这般情意。

　　最后以"这次第，怎一个愁字了得！"收束全词，是独辟蹊径。"这次第"即这种情况。词人所有的"愁"情，直至全词的结句才点出。正是这曲折委婉的笔调，产生了荡气回肠的效果。自古以来，诗人写愁，多半极言其多。这里却化多为少，只说自己思绪纷繁复杂，仅用一个"愁"字如何包括得尽？妙就妙在又不说明于一个"愁"字之外更有什么心情，便戛然而止。表面上有"欲说还休"之势，实际上已倾泻无遗，变哀婉为凄厉。

　　这首被传诵了数百年的名篇《声声慢》，

始终紧扣悲秋之意。又以接近口语的朴素清新的语言，写尽了作者晚年的凄苦悲愁，是一首个性独具的抒情名作。李清照也正因为这首著名的《声声慢》被人们永远记住，特别是"寻寻觅觅，冷冷清清，凄凄惨惨戚戚"一句，简直成了她个人的专利，彪炳于文学史，空前绝后，没有任何人敢于企及。于是，她便被当做了愁的化身。当我们穿过历史的尘烟咀嚼她的愁情时，才发现在中国三千年的古代文学史中，特立独行，登峰造极的女性也就只有她一人。而对她的解读又"怎一个愁字了得"！

李清照纪念馆内的竹林

一剪梅

红藕香残玉簟秋。轻解罗裳，独上兰舟。云中谁寄锦书来？雁字回时，月满西楼。

花自飘零水自流。一种相思，两处闲愁。此情无计可消除，才下眉头，却上心头。

这首词在黄昇《花庵词选》中的题目是"别愁"，是赵明诚出外求学后，李清照用以抒写她思念丈夫的心情的词作。2007 年上演的越剧电视电影《李清照》就有这样的情节：当赵明诚踏上征船出行时，《一剪梅》歌曲"轻解罗裳，独上兰舟"

李清照纪念馆画像

就伴随着画面响起。李清照和赵明诚结婚后，夫妻感情非常好，家庭生活充满了学术和艺术的气氛，十分美满。所以，两人一经离别，两地相思，这是不难理解的。特别是李清照对赵明诚更为仰慕钟情，这在她的许多词作中都有所流露。这首词就是作者以灵巧之笔抒写她如胶似漆的思夫之情的，率真地反映出初婚少妇沉溺在情海之中的纯真情怀。

词的第一句是"红藕香残玉簟秋"。"红藕"，即红色荷花。"玉簟"，是精美的竹席。玉簟秋，指的是时至深秋，精美的竹席已嫌清冷。这一句含义极其丰富，写的是一个荷花凋谢、竹席嫌凉的秋天。它不仅点明了时节，就是这样一番萧疏秋色引起了作者的离情别绪，而且渲染了环境气氛，衬托出词人的孤独闲愁。"红藕香残"，表面看来写的是秋天已至，荷花凋谢，实际上表达的是青春易逝，红颜易老之意。"玉簟秋"，字面上看写的是暑退秋来，竹席也凉了。联系写作背景，暗含有"人去席冷"之意。就表现手法及其含义来看，"红藕香残"是从客观景物来表现秋的到来；"玉簟秋"是通过作者的主观感受——竹席生凉来表达秋的到来。一句话里把客观和主观、景和情都融化在一起了。清朝陈廷焯赞赏说："易安佳句，如《一剪梅》起七字云：'红藕香残玉簟秋'，精秀特绝，真不食人间烟火者。"（《白雨斋词话》）李清照并非不食人间烟火的人，但这一句"精秀特绝"，只不过是真情所至。凡人受愁苦的煎熬，总是要想办法排愁遣闷的，这是人之常情，李清照也不例外。李清照本来已因丈夫外出而有所牵挂，如今面对这样一个荷残席冷、万物萧疏的景象，免不了触景生情，其思夫之情必然更加萦绕胸怀，内心之苦是不言而喻的。

她究竟想如何来消除这愁闷呢？此刻，她不是借酒消愁，也不是悲歌当泣，而是借游览以遣闷，接下来这样写道：轻

李清照词作《声声慢》

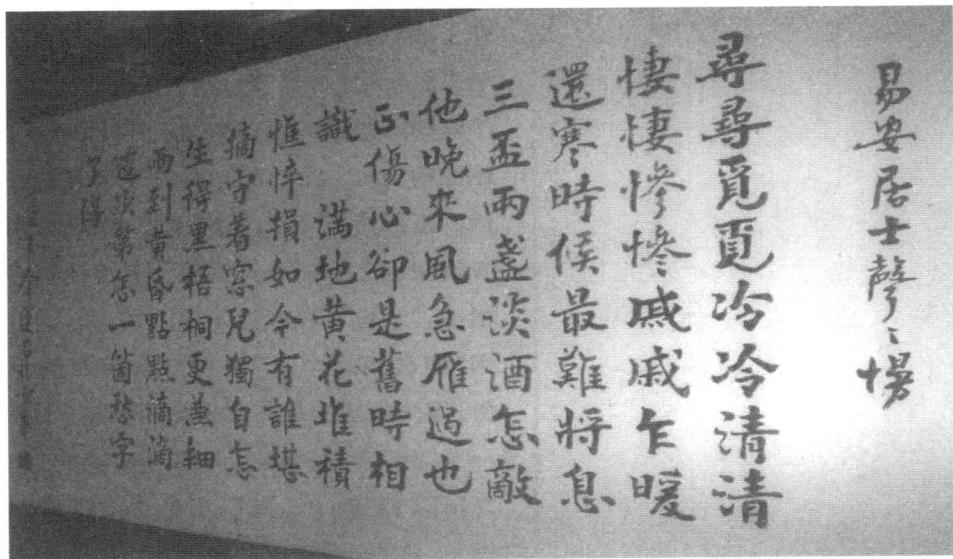

李清照故居一景

解罗裳，独上兰舟。就是说，我轻轻地解开了绸罗的裙子，换上便装，独自划着小船去游玩吧！一个"轻"字很有意味，是轻手轻脚的意思，它真实地表现了少妇生怕惊动别人，小心而又有几分害羞的心情。正因为是"轻"，所以谁也不知道，词人就独自上小船了。"罗裳"，是丝绸制的裙子。"兰舟"，即木兰舟，船的美称。这里用"罗裳"和"兰舟"很切合李清照的身份。因为这是富贵人家才有的物品。下面一个"独"字是回应上句的"轻"字的，她之所以要"独上兰舟"，正是想借泛舟以消愁，并非闲情逸致的游玩。这是李清照此时遣愁的最佳方法，可见其思夫之苦！其实，"独上兰舟"以消愁，也像"举杯消愁愁更愁"一样。过去也许双双泛舟，今天独自划船，眼前的情景，只能勾起对往事的回忆，怎能排遣得了呢？不过，李清照毕竟跟一般的女性不同，她没有把自己的这种愁苦归咎于对方的离别，反而设想对方也思念着自己。所以，她宕开一笔写道：

云中谁寄锦书来？雁字回时，月满西楼。

这里是倒装句，即：雁字回时，云中谁寄锦书来？月满西楼。意思是说，当空中大雁飞回来时，谁托它捎来书信？我正在明月照满的西楼上盼望着呢！"谁"，

李清照塑像

李清照故居景色

这里当然是暗指赵明诚。"锦书"，这里指情书。这一句无形中体现了李清照夫妻感情的深厚、真挚，以及李清照对她丈夫的充分信任，不言情而情已自现。从写法的角度来说，这里借写事来抒情，通过大雁翔空，形象地表达了书信的到来，使人看得到、摸得着，寓抽象于形象之中，具体生动，富有感染力。同时，更有意境的是，这一句渲染了一个月光照满楼头的美好夜景。在这夜景里，如果收到情书，可暂得宽慰，无疑是值得高兴的，但不可能消除她的相思。其实，在喜悦的背后，蕴藏着相思的泪水，这才是动人的感情。特别要注意的是"月满西楼"的"西"字，月已西斜，足见词人站立楼头已久。

词作上片隐然相思之意，下片则直抒情愫。那么，李清照既思念着自己的丈夫，又相信丈夫也会思念着自己，所以，下片也就沿此思路写来：

"花自飘零水自流"这一句言简而意丰，用语平常而境界自出。"花自飘零"是在写词人自己，是说她的青春像花那样空自凋残；"水自流"是在写丈夫赵明诚，说她丈夫赵明诚的远行，像悠悠江水空自流。两个"自"字，是"空自"或"自然"的意思。它体现了李清照的感叹语气，流露出无可奈何之感。这一句借景抒怀，表达了流水落花的伤感与无奈。可以看出，李清照既为自己的红颜易老而感慨，更为丈夫不能和自己共享青春而让它白白地消逝而伤怀。这种复杂而微妙的感情，正是从两个"自"字中表现出来的。所以接着写道："一种相思，两处闲愁。"如果说，上面没有任何一句提到李清照和她的丈夫的恩爱之情；那么，这里就说得再明白不过了。彼此是相同的思念，也是相同的愁苦。词人与丈夫身处两地，却共处一种思绪之中，表明了词人与丈夫之间心有灵犀。这种独特的构思体现了李清照对赵明诚的无限钟情和充分信任。在古典诗词中，写思夫之作的不少，但大多是"过尽千帆皆不是。斜辉脉脉水悠悠，肠断白萍洲"（温庭筠《忆江南》）；或者是"红豆不堪看，满眼相思泪"（牛希济《生查子》），像李清照这样从两方面来写相思之苦的，极为鲜见。一样的相思，经李清照妙笔的深情润色，就成了别样的表达。

那么，李清照的"闲愁"究竟达到了什么程度呢？下面三句就做了回答："此

李清照塑像

情无计可消除，才下眉头，却上心头。"就是说，这种相思之情是无法排遣的，皱着的眉头刚刚舒展，而思绪又涌上心头。相思之情就这样在"眉头"与"心头"之间交替着，无刻不在。这里值得注意的是，词人把抽象的"愁"描写得极其形象。使人仿佛看见其眉头刚舒展又紧蹙的样子，从而领会到她内心的绵绵苦痛，细腻而不绝如缕。"才下""却上"两个词用得非常好，把相思之苦的那种感情在短暂中的变化起伏，表现得极其真实形象，形象地反映出李清照愁眉变化的情景。这两句绝妙好词，读罢除了让人哑然称绝之外，只能是叹然。正因为如此，才成为千古绝唱。

李清照诗词碑刻

清照园

　　总之，这首词主要是抒写李清照的思夫之情。以灵巧之笔抒写眷眷之情，一路写来，或寄情于景，或景中含情，意象时露时显，于结尾处猛然一收，如群山之玉，塔顶明珠，给读者以强烈的审美刺激，使心灵为之震动，深思遐想。可见，女词人李清照以其独特的方式感知着人类社会普遍存在的意识情感，并以她独特的艺术技巧将之呈现，并在瞬间凝为审美的精华，产生了永恒的艺术魅力，唤起不同时代、民族、国界的人们的审美体验。这种题材，在宋词中很多。若处理不好，必落俗套。然而，李清照这首词在艺术构思和表现手法上都有自己的特色，因而富有艺术感染

"一代词宗"石碑

力。词中所表现的爱情是纯洁的、心心相印的，既像蜜一样甜，又像水一样清；词人大胆地讴歌自己的爱情，毫无病态成分，磊落大方；词的语言通俗清新，明白如话，并且在通俗中多用偶句，如"轻解罗裳，独上兰舟""一种相思，两处闲愁""才下眉头，却上心头"等等，既是对偶句，又通俗易懂，读之朗朗上口，声韵和谐。

宋词无论以婉约的方式表达优美的、含蓄的、温柔缠绵的儿女私情，还是以豪放的方式表达直率的、崇高的、激昂慷慨的民族意识，都最为生动而真实地体现了宋人的文化精神。这种文化精神在历史的长河里已作为一种文化因子渗入到我们民族文化精神之中了。作为正统词体风格范畴的婉约词，缠绵婉约中有深厚之致；词意蕴藉，意蕴丰富而又疏淡空灵；词律谐婉，和谐婉转适于歌唱。正因为如此，婉约词易于感受，意味深长，具有阴柔美，"浅斟低唱"中会令人感受到"杏花春雨江南"之美。漫漫千载，人类社会可以发生翻天覆地的变化，但人类的心灵是相通的，我们后人可以通过古人留下的文字和古人交流，完成心与心的碰撞。